词史

附《词略》与《花庵绝妙词选笔记》

刘毓盘 著

北京理工大学出版社
BEIJING INSTITUTE OF TECHNOLOGY PRESS

江山刘先生遗著目录叙

曩者余与浦江曹君聚仁同请业于先师萧山单先生、江山刘先生之门，一时言考据、词章之学者，必称两先生。未几各散去，而两先生者复先后出而讲学于大庠，其名益重于天下。丁卯之役，余以党禁，违难走高丽，归而与聚仁相遇于海上，见萧山先生，则知距江山先生之丧已二年矣。自念承教之日浅，欲次江山先生平生之行事，终不能遂，因退而谋于萧山先生。时先生方校勘江南邓氏书，虽许之而未暇也。明年，萧山先生又以疾卒。余与聚仁痛导师之不存，伤逝者而自念，思辑两先生之遗稿，以公诸天下。既而萧山先生之嗣继殇，其遗书更无从问；而江山先生《词史》之稿，犹为余所珍藏。《词史》者，先生晚年得意之作也。爰谋于聚仁，先出以问世，而聚仁转以先生之传相属，余既不敢任，因略述数年来师门寥落之感，以弁于是书之端。

谨按，先生讳毓盘，字子庚，别号噙椒，浙江江山人。父讳履芬，即海内所称为彦清先生，遭嘉定之变者也。先生以举人服官陕西之□□县，清亡后，以教授终其身。生于同治六年，卒于民国十六年□月□日。所著《词史》以外，有骈、散文若干卷，《濯绛宧诗》若干卷，《噙椒词》若干卷，

《中国文学史略》若干卷,《唐五代宋辽金元词辑》若干卷,《诗心雕龙》若干卷,《词话》若干卷,又有《词学斠注》若干卷。《词律斠注》若干卷,则早年将脱稿而毁于兵者也。

谨叙。

查猛济

自　序

六经无"词"字，通作"辞"。《说文》："辞，讼也。"案辞与词别。《说文》："词，意内而言外也。"明乎我所欲言，必有司我言者，而后可以尽我之词，故隶司部。意者，司我言者也，故曰内。意与志不同，故词与诗不同。"诗，志也。"《说文》："从言寺声。"古文从言之声。心之所之为志，善于诗者由衷而出。一意孤行，随其心之所之，以求合于六义之府，其至者可以感天地，通神明，惊风雨，泣鬼神，以成一家之言，以为万世之法者，盖其志先定也。否则点窜《尧典》，涂改《生民》，堆垛为工，雕缋相尚，形式具在，而真意不存。既不成其为诗，人亦莫测我志之所在矣。无怪乎有心创作者，举欲一扫而空之也。词则源出于诗，而以意为经，以言为饰，意内言外，交相为用。意为无定之意，言亦为无定之言，且也意不必一定，言不必由衷。美人香草，十九寓言，其旨隐，其辞微，言之不足故长言之，长言之不足故嗟叹之。后人作词之法，即古人言乐之法也。盖忠臣义士，有郁于胸而不能宣者，则托为劳人思妇之言，隐喻以抒其情，繁称以晦其旨。进不与诗合，退不与典合。其取径也狭，其陈义也高。其至者则东西南北，惝恍无凭。虽博考其生平，亦莫测其真意之所在。而又拘以格律，谐以阴阳，毫厘杪忽之微，不得自我而作古，必有司我言者，不能随我心之所之也，故与诗相成而适相反。此即有心创作者，以新体施之诗者可，以新体施之词则不可，故不能别出一途以相夸耀也。上自三唐，迄于元季，根柢骚雅，各有可观。言词者必奉以为宗，不独其音节之可法也。盖风人之意，犹有存焉者尔。入明洪武以来，以至有清乾隆之末，目为小道，此道几衰。复惑于张綖《诗馀图谱》、程明善《啸馀谱》、赖以邠《填词图谱》诸书，以为字句可以出入。阳羡万氏出，始辞而辟之。嘉庆以还，学者知长短句之不足以言词也，于是考四声，明读法，而尤斤斤于去上之分以纠其失。所惜者，乐谱沦亡，无从按拍，文人弄笔，仅在一字之功。然而浙派、常州派之分，即由之而起。虽曰各有所取，亦无谓之争矣。若不知而妄作者，则间亦有之焉。王昶《明词综》《清词综》，黄燮清《续清词综》诸书，不过以人存词，以词存人，要无当于风雅之意，以之汛览焉可也。夫取法乎上，仅得乎中，爱古薄今，必求一当，综其得失，以识盛衰。或略或详，在所不计。知我罪我，尤非我知己。

壬戌仲秋毓盘并记。

目 录

江山刘先生遗著目录叙 …………………… 1
自序 …………………………………………… 3

第一章 论词之初起由诗与乐府之分 ………… 1
第二章 论隋唐人词以温庭筠为宗 …………… 16
第三章 论五代人词以西蜀南唐为盛 ………… 35
第四章 论慢词兴于北宋 ……………………… 53
第五章 论南宋词人之多 ……………………… 71
第六章 论宋七大家词 ………………………… 92
第七章 论辽金人词以汉人为多 ……………… 111
第八章 论元人词至张翥而衰 ………………… 130
第九章 论明人词之不振 ……………………… 150
第十章 论清人词至嘉道而复盛 ……………… 168
第十一章 结论 ………………………………… 190

附录一　词略……………………………………… 193
附录二　花庵绝妙词选笔记……………………… 201

第一章　论词之初起由诗与乐府之分

　　《庄子·天运篇》，黄帝论乐曰：吾奏之以人，征之以天，行之以礼义，建之以大情，其声能短能长，能柔能刚，变化齐一，不主故常，天机不张而五官皆备，此之谓天乐。故作《咸池之槃》，张于洞庭之野，而北门成不能解。后王因之，少皞作《大渊》，颛顼作《六茎》，帝喾作《六英》，唐尧作《大章》，虞舜作《大韶》，夏禹作《大夏》，商汤作《大濩》，周武王作《大武》，成王时周公作《勺》，又有《房中之乐》，以歌后妃之德。其于国子也，则大司乐合六代之乐，教以乐德、乐语、乐舞。夫其重之也如此。今所传者，莫古于《诗》三百篇。读《左传》季札论乐一节，则其声音之道可知。此即《史记·孔子世家》所谓凡诗皆可入乐之说也。及周之衰，诗亡乐废。屈、宋代兴，以《九歌》等篇侑乐，《九章》等篇舒情，涂辙肇分矣。秦一天下，六代庙乐，惟《韶》《武》存焉。二十六年，改周《大武》曰《五行》，《房中》曰《寿人》，而郑卫之音，尤为二世所好。此秦之所以速亡也。西汉之初，有鲁人制氏者，世在太乐官，但能记其铿锵鼓舞而不能言其义。高祖过沛，作"风起"之诗，令僮儿百二十人习而歌之。又令唐山夫人作《房中之歌》十七章，以备词乐。

孝惠二年，夏侯宽为乐府令，更《房中歌》曰《安世乐》，而侑以箫管。孝武继世，定郊祀之礼。乃立乐府，采诗夜诵。有赵代秦楚之讴，以李延年为协律都尉，多举司马相如等数十人造为诗赋，略论律吕，以合八音之调，作十九章之歌，曰《练时日》一、《帝临》二、《青阳》三、《朱明》四、《西颢》五、《玄冥》六、《惟泰元》七、《天地》八、《日出入》九、《元狩三年天马歌》《太初四年天马歌》十、《天门》十一、《景星》十二、《斋房》十三、《后皇》十四、《华爗爗》十五、《五神》十六、《朝陇首》十七、《象载瑜》十八、《赤蛟》十九，令童男女七十人习之，而隶于乐府。其余若短箫铙歌二十二章，姜夔《白石道人歌曲》曰：铙歌，汉乐也。殿前谓之鼓吹，军中谓之骑吹。曰《朱鹭》一、《思悲翁》二、《艾如张》三、《上之回》四、《拥离》五、《战城南》六、《巫山高》七、《上陵》八、《将进酒》九、《有所思》亦曰《嗟佳人》十、《芳树》十一、《上邪》十二、《君马黄》十三、《雉子班》十四、《圣人出》十五、《临高台》十六、《远如期》亦曰《远期》十七、《石留》十八、《务成》十九、《玄云》二十、《黄爵行》二十一、《钓竿篇》二十二。又《巴渝舞曲》四章，曰《矛渝》一、《安弩渝》二、《安台》三、《行辞》四，亦隶于乐府。宣帝本始四年，诏乐府减乐人。而渤海赵定、梁国龚德等，以知音善鼓雅琴，为丞相魏相所荐，皆召见于阙下。至哀帝时，以为郊庙诗歌。内有掖庭才人，外有上林乐府，皆以郑声施于朝廷，遂罢而不设。其郊祀乐及古兵法武乐，在经不可罢者，别属他官，从丞相孔光等奏也。是乐府为官名，后人以乐府所采之诗可被之声歌者，

第一章 论词之初起由诗与乐府之分

别名之曰乐府。故有古乐府、新乐府、小乐府之目。唐宋人以诗词入歌，故词亦曰乐府。噫唏！乐府之立，见于《汉书》；乐府之罢，见于《乐志》。自有此名，而乐府与诗，截然不相合矣。虽有非之者，卒无以易焉。

南宋郭茂倩作《乐府解题》一百卷。上起陶唐，下迄五代。凡郊庙歌词十二卷、燕射歌词三卷、鼓吹曲词五卷、横吹曲词五卷、相和歌词十八卷、清商曲词八卷、舞曲歌词五卷、琴曲歌词四卷、杂曲歌词十八卷、近代曲词四卷、杂谣歌词七卷、新乐府词十一卷，每一题必先列古词，后列拟作，再列入乐所改者，故同一调也，而诸格毕备，使后人得以考知其孰为侧，孰为趋，孰为艳，《词品》曰：唐人大曲，有艳、有趋。艳在曲之前，趋在曲之后。孰为增字减字，其声词合写不可训诂者，亦皆于题下注明，为乐府中第一善本。梅鼎祚《古乐苑》议其有以诗题愿列乐府，如《从军行》则王粲《从军诗》之类者，诚所不免，此不足病也。盖自汉立乐府，而诗与乐分，然其所采，不复甚辨风雅，而雅颂通歌。郑樵《通志》所谓乐之失自汉武始也。但较其大体，亦得分为三。《安世房中歌》，《诗》中之《雅》也；郊祀等歌，《诗》中之《颂》也；高祖乐楚声，风起之歌，《诗》中之《风》也。《西京杂记》谓戚夫人善为《出塞》《入塞》《望诸》之歌，则亦属于《风》者也。东汉则有《鞞舞歌》五章，曰《关中一作东。有贤女》一、《章和二年中》二、《乐久长》三、《四方皇》四、《殿前生桂树》五，以贡燕享之用。魏晋以下，郊祀宗庙，多袭汉诗之旧，而第易其名，惟篇什之数递减尔。

3

《朱鹭》，魏曰《楚之平》，吴曰《炎精缺》，晋曰《灵之祥》，梁曰《木纪谢》，北齐曰《水德谢》，北周曰《玄精季》。

《思悲翁》，魏曰《战荥阳》，吴曰《汉之季》，晋曰《宣受命》，梁曰《贤首山》，北齐曰《出山东》，北周曰《征陇西》。

《艾如张》，魏曰《获吕布》，吴曰《摅武师》，晋曰《征辽东》，梁曰《桐柏山》，北齐曰《战韩陵》，北周曰《迎魏帝》。

《上之回》，魏曰《克官渡》，吴曰《乌林》，晋曰《宣辅政》，梁曰《道亡》，北齐曰《珍关陇》，北周曰《平窦泰》。

《拥离》，魏曰《旧邦》，吴曰《秋风》，晋曰《时运多难》，梁曰《杭威》，北齐曰《灭山胡》，北周曰《复弘农》。

《战城南》，魏曰《定武功》，吴曰《克皖城》，晋曰《景龙飞》，梁曰《汉东流》，北齐曰《立武定》，北周曰《克沙苑》。

《巫山高》，魏曰《屠柳城》，吴曰《关背德》，晋曰《平玉衡》，梁曰《鹤楼峻》，北齐曰《战芒山》，北周曰《战河阴》。

《上陵》，魏曰《平南荆》，吴曰《通荆州》，晋曰《文皇统百揆》，梁曰《昏主姿淫慝》，北齐曰《禽萧明》，北周曰《平汉东》。

《将进酒》，魏曰《平关中》，吴曰《章洪德》，晋曰《因时运》，梁曰《石首篇》，北齐曰《破侯景》，北周曰《取巴蜀》。

《有所思》，魏曰《应帝期》，吴曰《顺历数》，晋曰《惟庸蜀》，梁曰《期运集》，北齐曰《嗣丕基》，北周曰《拔江陵》。

《芳树》，魏曰《邕熙》，吴曰《承天命》，晋曰《天序》，梁曰《于穆》，北齐曰《克淮南》，北周曰《受魏禅》。

《上邪》，魏曰《太和》，吴曰《元化》，晋曰《大晋承运期》，梁曰《惟太梁》，北齐曰《平瀚海》，北周曰《宣重光》。

《君马黄》，晋曰《金灵运》，北齐曰《定汝颍》，北周曰《哲皇出》。

《雉子班》，晋曰《于穆我皇》，北齐曰《圣道治》，北周曰《平东夏》。

《圣人出》，晋曰《仲春振旅》，北齐曰《受魏禅》，北周曰《禽明彻》。

《临高台》，晋曰《夏苗田》，北齐曰《服江南》。

《远如期》，晋曰《仲秋狝田》，北齐曰《刑罚中》。

《石留》，晋曰《顺天道》，北齐曰《远夷至》。

《务成》，晋曰《唐尧》，北齐曰《嘉瑞臻》。

《玄云》，晋依旧名，北齐曰《成礼乐》。

《黄爵行》，晋曰《伯益》。
《钓竿》，晋依旧名。

右（上）汉铙歌二十二章。《古今注》曰：铙歌始于黄帝命岐伯所作。

《矛渝》，魏曰《矛渝新福》。
《安弩渝》，魏曰《弩渝新福》。
《安台》，魏曰《曲台新福》。
《行辞》，魏曰《行辞新福》。

右（上）汉《巴渝舞曲》四章。魏篇数同，《晋书·乐志》谓王粲所作。按《汉书》注，师古曰：高祖初为汉王，得巴渝人并趪捷善斗，与之定三秦，因存其武乐。巴渝之乐，因此始也。粲之作此，盖以媚魏武。粲于建安十三年秋随刘琮入魏，二十二年春卒。考《三国志·魏武纪》及本传可见。或谓文帝受禅后被命而作，则非也。

《关中有贤女》，魏曰《明明魏皇帝》。
《章和二年中》，魏曰《太和有圣帝》。
《乐久长》，魏曰《魏历长》。
《四方皇》，魏曰《天生烝民》。
《殿前生桂树》，魏曰《为君既不易》。

右（上）汉《鞞舞歌》五章，魏篇数同。为魏明帝所作，今不传。

其必以汉乐府所采为本者，《通志》所谓汉有太乐氏以声歌肆业，往往仲尼《三百篇》，瞽史之徒例能歌者。自齐、鲁、韩、毛立于学官，义理之说胜，而声歌之学微。建安间，魏武帝平荆州，得汉雅乐郎杜夔，使复先代古乐。又有散骑郎邓静善训雅乐，歌师尹胡能歌宗庙郊祀之曲，舞师冯肃能晓知先代诸舞，夔悉领之。夔老矣，久不肄习。所得于《三百篇》者，惟《鹿鸣》《驺虞》《伐檀》《文王》四章，而余者不传。明帝太和末又失其三，左延年所得者惟《鹿鸣》一章。每正旦大会，所谓雅乐常作者是也。至晋而《鹿鸣》一章又失传，后世不复闻《诗》矣。乐府所采，固为有识者所识。惟其源出《三百篇》，为后世考古者之本。故汉之太后世考古者之本，故汉之太乐、东汉之太子乐，率用之而不以为非也。自魏武帝借乐府以写时事，《薤露歌》《蒿里行》，皆为董卓之乱而作，与原义不同。曹植又谓古曲谬误甚多，异代之文，不必相袭，作《鞞舞新歌》五章。

《圣皇篇》一，以当《章和二年中》。

《灵芝篇》二，以当《殿前生桂树》。

《大魏篇》三，以当《汉吉昌》。

《精微篇》四，以当《关中有贤女》。

《孟冬篇》五，以当《狡兔》。

按东汉《鞞舞歌》无《汉吉昌》《狡兔》二歌，或即《乐久长》《四方皇》二歌之异名也。详见《乐府解题》。

傅玄承之，作晋《鞞舞新歌》五章。

《洪业篇》一，以当《明明魏皇帝》。
《天命篇》二，以当《太和有圣帝》。
《景皇篇》三，以当《魏历长》。
《大晋篇》四，以当《天生烝民》。
《明君篇》五，以当《为君既不易》。

按玄又作《宣武舞歌》四章，以当《巴渝舞曲》。其余郊祀、宗庙诸歌自晋以下，列代皆有所作。均详见《乐府解题》。不复列。

此说一开，后人每有依乐府之题而不考所出者。如《君马黄》一章，蔡君知、张正见之流，只言马而已。不知古词所云"君马黄、臣马苍，二马同逐臣马良"者，亦如《关雎》《鹊巢》之诗，但取第一句以命题，其寓意初不在马也。六朝人所别于诗而谓新乐府者，盖愈变而愈离其宗矣。

魏晋以下，诸家所作，始不复仿古，而开唐诗各体之初。魏武帝《却东西门行》即五言古，魏文帝《燕歌行》即七言古，曹植《妾薄命》即六言诗，左延年《秦女休行》即杂言诗，谢尚《大道曲》即五言绝，萧子显《乌栖曲》即七言绝，范云《巫山高》即五言律，庾丹之《秋闺怨》即五言排律，庾信之《乌夜啼》即七言律，沈君攸之《薄暮动弦歌》即七言排律，皆所谓新乐府体也。论者以梁武帝《江南弄》七首，沈约《六忆诗》四首，字句相同，若填词然，谓即词体之初起云。

众花杂色满上林，舒芳濯渌垂轻阴，连手蛱蝶舞春心。舞春心，临岁腴。中人望，独踟蹰。

（《江南弄》第一）

游戏五湖采莲归，发花田叶芳袭衣，为君艳歌世所希。世所希，有如玉。江南弄，采莲曲。

（《采莲曲》第三）

氛氲兰麝体芳滑，容色玉耀眉如月，珠佩婀娜戏金阙。戏金阙，游紫庭。舞飞阁，歌长生。

（《游女曲》第六）

右《江南弄》七首，起三句皆用平声韵，惟《游女曲》《朝云曲》二首用入声韵。沈约《朝云曲》同。收四句皆换平声韵，惟《采莲曲》一首换入声韵，简文帝《采莲曲》则换平声韵。后人填小令若〔忆秦娥〕、〔柳梢青〕，慢词若〔百字令〕、〔满江红〕等，可用平入声改校者即本此。

忆来时，的的上阶墀。勤勤叙离别，慊慊道相思。相看常不足，相见乃忘饥。

（《忆来时》第一）

忆食时，临盘动颜色。欲坐复羞坐，欲食复羞食。

含哺如不饥,攀瓯似无力。

(《忆食时》第三)

右《六忆诗》四首,通用平声韵,惟第三首用入声韵。说亦同上。隋炀帝《夜饮朝眠曲》(忆睡时、忆起时)二首即仿此。

执此而言,则《古今乐录》所录东晋时人作《女儿子》二首、《休洗红》二首,字句相同,亦若按谱而为之者,且远在萧梁以先矣。顾词家未尝言及也,殆一时之忽欤?

巴东三峡猿鸣悲,夜鸣三声泪沾衣。我欲上蜀蜀水难,蹋蹀珂头腰环环。

右无名氏《女儿子》二首。按此词即唐人《竹枝词》所本。《竹枝词》一名《巴渝词》,唐教坊曲名,其源出于《巴渝舞曲》。皇甫松仿此体,于句中叠用"竹枝"、"女儿",为歌时群相随和之声。孙光宪复叠为四句,惟用韵不拘平仄耳。

休洗红,洗多红色淡。不惜缝故衣,记得初按茜。人寿百年能几何,后来新妇今为婆。
休洗红,洗多红在水。新红裁作衣,旧红番作里。回黄转绿无定期,世事反复君所知。

右无名氏《休洗红》二首,按冯舒《诗纪匡谬》曰:出于杨慎伪托。

第一章 论词之初起由诗与乐府之分

顾炎武论诗,尝曰:"《三百篇》之不能不降而楚词,楚词之不能不降而汉魏者,势也。"是则《三百篇》之不能不降而乐府,乐府之不能不降而为词者,亦势也。盖诗与乐既分,后世犹传其声者,莫古于周、召二《南》,郑氏《诗谱》所谓"房中之乐"也。汉魏以来,相继不绝。永嘉之乱,犹传江左。隋文帝平陈获之,以为华夏正声之一,诏于太常为置清商府,求得陈太乐令蔡子元、于普明等,复居其职。所采源广,若《巴渝》《白纻》诸曲皆在焉。至唐犹存六十三曲,至宋犹存三十三曲,又谓之清乐。陈旸《乐书》曰:清乐即清调、平调、瑟调,统名之曰清商,为周《房中乐》之遗声。本有声而无词,晋、宋间始依声而为之词也。《鼓角横吹曲》,亦古乐也。始于黄帝战蚩尤于涿鹿,乃作吹角,为龙吟以御魑魅。汉武帝时,张骞入西域,得胡角,传其法于西京。有《摩诃兜勒》一曲。横吹有双角,即胡乐也。陈旸《乐书》以为此即中国用胡乐之本,李延年因之,更造新声二十八解以为武乐。后汉以给边将。魏晋以来,二十八解不复具存。所通用者,《黄鹄》《陇头》《出关》《入关》《出塞》《入塞》《折杨柳》《黄覃子》《赤之杨》《望行人》十曲而已。胡角者,本以应胡笳之声。《梅花落》即胡笳曲,故谓之边声也。

> 中庭杂树多,偏为梅咨嗟。问君何独然,念其霜中能作花,露中能作实。摇落春风媚春日,念尔零落逐寒风,徒有霜花无霜质。

右鲍照《梅花落》乐府。按李白诗曰:"黄鹤楼中吹玉笛,江城五月落梅花。"是唐时已改而入笛矣。

西凉诸曲,大都起于十六国之秋(详见《隋书·乐志》)。北齐后主尤好胡戎乐,歌人有至开府封王者,并制《无愁曲》,使胡儿阉官等相唱和之。隋炀帝大业中,御史大夫裴蕴广搜各工,并付太乐。倡优糅杂,咸来萃止。复取西凉、龟兹、天竺、康国、疏勒、安国、高丽诸曲,以合于清乐。而《伊州》《凉州》《甘州》《渭州》诸曲,亦同时而起焉。雅乐、胡乐纷糅沓进,而古乐益衰。唐五代人作词,多按乐府旧曲以立名,若〔巴渝词〕、〔入塞〕、〔伊州三台〕、〔八声甘州〕,其遗谱犹有存者。惟雅、郑之分,则无人解及焉。读崔令钦《教坊记》、王灼《碧鸡漫志》二书,其递嬗之迹,可考而知已。

古乐府若《临高台》之"收中吾",《有所思》之"妃呼豨",其声词合写不可训诂者,亦若《古今乐录》所录之"羊无夷"、"伊那何"。刘履《风雅翼》以为此曲调之余声也。词亦有之,曰助词。

> 树头红叶飞都尽,景物凄凉。秀出群芳,又见红梅浅淡妆。也啰,真个是可人香。　兰魂蕙魄应羞死,独占风光。梦断高唐,月送疏枝过女墙。也啰,真个是可人香。

右赵长卿〔摊破采桑子〕词,"也啰"为助词。两结"香"字重押,为歌时之和声。金人词〔高平调〕、〔唐多令〕两结句之"也啰"同,南曲《水红花》结句之"也啰"亦同。

忆昔歌舞宴楼台,会金钗。欢娱难再,思之诗酒看书斋。命多灾,风光难再。母亲知他何处,尊父阻隔天涯。不能彀千里故人来。也啰。

右施君美《幽闺记》南曲《水红花》,"隔"、"不能彀"为衬字。按《词谱》曰:"'也'字当属上句。《广韵·七歌》:啰,歌词也。以'也啰'为句,非。"说亦通。

有非助词而又不属于声者。

歌发谁家筵上,寥亮,别恨正悠悠。兰釭背帐月当楼。愁摩愁,愁摩愁。

右顾夐〔荷叶杯〕词,凡九首。结二句用"摩"字,句法同。按万树《词律》曰:"'摩'当作'么',设为问答之词,填者当依此格。南曲《驻云飞》第五句下,《梨花儿》第三句下,必用一'嗏'字。《普天乐》第五句下,必用一'呀'字,亦同。是谓之格。"

有专属于声者。

江南岸。柳枝。江北岸。柳枝。折送行人无尽时。

恨分离。柳枝。　　酒一杯。柳枝。泪双垂。柳枝。君到长安百事违。几时归。柳枝。

右朱敦儒〔杨柳枝〕词。按白居易诗注曰：杨柳枝落下新声。又见《教坊记》。此承其名，决非唐曲之旧也。柳枝属于声，"枝"字与本词叶，与《竹枝词》之"竹枝"、"女儿"，《采莲子》之"举棹"、"年少"，不限于叶者，微有不同耳，南北曲此类尤多，亦可谓之格。

浮沙羹宽片粉添些杂糁。酸黄齑烂豆腐休调啖。万余斤黑面从教暗。我将这五千人做一顿馒头馅。是必休误了也么哥。休误了也么哥。包残余肉纪青盐蘸。

右王实甫《西厢记》北曲《叨叨令》。按此曲正格，前后五句皆七字句，中间两五字句叠句。北曲衬字多，不独旁注者为衬也。南曲《武陵花》之"也么哥"，《雌雄画眉》之"也么喥"，亦先属于声而后以之为格者，与《香罗带》第一句、《高阳台》第八句、《梁州序》第九句，"也"字之专属于格者不同。

古乐府在声不在词。唐之中叶也，旧曲所存，其有声有词者，《白雪》《公莫舞》《巴渝》《白苎》《子夜》《团扇》《懊侬》《莫愁》《杨叛儿》《乌夜啼》《玉树后庭花》，凡三十七曲；有声无词者，七曲而已。见《碧鸡漫志》。唐人不得其声，故所拟古乐府，但借题抒意，不能自制调也。所作新乐府，但为五七言诗，亦不能自制调也。其采诗入乐，必以有排调、有衬字者始为词体。见《乐府解题》。盖解其声，故能制其调也。至宋而传其歌词之法，不传其歌诗之法。于是一衍而为近词，再衍而为慢词，惟小令终不如唐人之盛。且宋人自度曲，说唐曲之变化为多，盖解其声故亦能制其调也。柳永所作，方言市语，错杂不伦，而当时播之，后世奉之。非取其词也，取其声耳。周邦彦、姜夔二氏，尤工倚声，篇什虽存，知音难索。元曲突出，而词之宫谱以亡。作是体者不过考据旧词，研究句法、阴阳清浊，依律以求其声，然后取张炎《词源》、沈义父《乐府指迷》、陆辅之《词旨》诸书，一一而玩索之。虽未必上合乎古人，而拗折嗓子之病，可以免已。

第二章　论隋唐人词以温庭筠为宗

韩偓《海山记》曰,隋炀帝起西苑,凿五湖,作《湖上》八曲,曰〔望江南〕,令宫中美人歌之。

湖上酒,终日助清欢。檀板轻声银甲缓,醅浮香米玉蛆寒。醉眼暗相看。　春殿晚,仙艳奉杯盘。湖上风光真可爱,醉乡天地就中宽。帝主正清安。

(《湖上酒》第七)

右隋炀帝〔望江南〕词,凡八首。按段安节《乐府杂录》曰:"〔望江南〕,李德裕镇浙日为亡姬谢秋娘作,本名〔谢秋娘〕,后改此名。"亦曰〔梦江南〕。唐人所作皆系单调,至宋方加后叠,炀帝词乃伪托。

朱弁《曲洧旧闻》曰:炀帝有《夜饮朝眠》二曲。

忆睡时,待来刚不来。卸妆仍索伴,解佩更相催。博山思结梦,沉水未成灰。

(《忆睡时》第一)

右炀帝《夜饮朝眠》曲二首，说见上。按此体《词谱》不收，实则隋词之旧也，应补。

韩偓《迷楼记》曰：侯夫人有《看梅》二曲。

香清寒艳好，谁惜是天真。玉梅谢后阳和至，散与群芳自在春。

右侯夫人〔一点春〕词，凡二首。按同时民间亦有曲曰："河南杨柳谢，河北李花荣。杨花飞去落何处，李花结果自然成。"与此体同，惟平仄不拘耳。亦见《迷楼记》。

又有〔安公子〕曲。《教坊记》曰：炀帝幸扬州，乐人王令言闻弹琵琶，曰"内里新翻〔安公子〕曲"。令言曰："此曲宫声往而不返，宫为君，帝必不返矣。"《通典》曰，调在太簇角。余略同。

按《碧鸡漫志》曰：宁王宪闻歌《凉州曲》，曰："音始于宫。斯曲也，宫离而不属。臣恐一日有播迁之祸。"及安史之乱，世颇思宪审音。与此相似，亦如桀、纣之璇室、瑶台，如出一辙。同为亡国者鉴焉。柳永有〔安公子〕词，一八十字体，一一百六字体，亦依此立名耳。

又有水调《河传》曲。叶廷珪《海录碎事》曰"炀帝开汴河时作"。

按《脞记》曰：水调《河传》，炀帝幸江都时作，其声哀楚。乐工正令言闻之，曰："帝必不回矣。"此与〔安公子〕曲，疑一事而两传也。

是小词之起，出于隋之宫中，而唐人能传其法也。唐初，小词尤盛。太宗时有〔倾杯曲〕、〔英雄乐〕等词，高宗时有〔仙翘曲〕、〔春莺啭〕等词，中宗时有〔桃花行〕、〔合生歌〕等词，今不传。赵璘《因话录》曰：唐初柳范作〔江南折桂令〕，一时诵之。惟其句法不可考耳。

胡仔《苕溪渔隐丛话》曰：唐初歌曲，多是五七言诗。以〔小秦王〕为数早，即七言绝句也。如〔清平调〕、〔渭城曲〕、〔欸乃曲〕、〔竹枝〕、〔杨柳枝〕、〔浪淘沙〕、〔采莲子〕、〔八拍蛮〕，则其体同，其律不同。试举一以证之。

渭城朝雨浥轻尘，客舍青青柳色新。劝君更尽一杯酒，西出阳关无故人。

右王维〔渭城曲〕词，又名〔阳关曲〕。按唐人七言绝句入歌者，《词谱》所列外，如〔六州歌头〕、〔伊州歌〕、〔渭州词〕、〔梁州歌〕、〔氐州第一〕、〔甘州歌〕、〔凉州歌〕、〔江南春〕、〔步虚词〕、〔凤归云〕、〔离别难〕、〔金缕曲〕、〔水调歌〕、〔白苎〕等，其律当亦不同。均应补。

济南春好雪初晴，行到龙山马足轻。使君莫忘雪溪女，时作阳关肠断声。

右苏轼〔渭城曲〕词。"忘"去声，通首四声一字不易。惟"客"字作"行"字，入本可作平也。按《秦淮海集》注曰：〔渭城曲〕绝句，近世多歌入〔小秦王〕。盖其律不同，故用借声歌之之法也。余可类推。

渭城朝雨，一霎浥轻尘。更洒遍客舍青青。弄柔凝碧，千缕柳色新。更洒遍客舍青青。千缕柳色新。休烦恼。劝君更进一杯酒。人生会少，自古富贵功名有定分。莫遣容仪瘦损。休烦恼。劝君更进一杯酒。只恐怕西出阳关。旧游如梦，眼前无故人。只恐怕西出阳关，眼前无故人。

右宋无名氏〔古阳关〕词。按徐本立《词律拾遗》曰："'弄柔凝碧'，'碧'字据旧说补。"此即王维原词加字以便歌者也，与借声不同。可见唐法之不传于宋矣。

其叶仄韵者，当别为一律。

罗袖动香香不已，红蕖袅袅秋烟里。轻云岭下乍摇风，嫩柳池塘初拂水。

右杨太真〔阿那曲〕词，又名〔鸡叫子〕。按《词统》曰："此赠善舞者张云容作。"用仄韵叶，与叶平韵者不同。《词谱》不收，应补。

其平仄通叶者，尤古之遗也。

章华宫人夜上楼，君王望月西山头。夜深宫殿门不锁,白露满山山叶堕。

　　右王建〔乌夜啼〕词,按《杨升庵集》曰:"此商调曲也。"《玉台新咏》徐陵〔乌夜啼〕凡四句,亦平仄通叶,为此体之自出。《词谱》不收,应补。
　　五言绝句,如《纥那曲》《罗贡曲》《一片子》《何满子》《三台令》《杨柳枝》《醉公子》《长命女》《长相思》等,其说与上同。

　　　开帘见新月,便即下阶拜。细语人不闻,北风吹裙带。

　　右李端〔拜新月〕词。按杜文澜《词律补遗》曰:调见《词谱》,用仄韵叶,而语气微拗。与叶平韵者不同,以为平仄不拘者非。
　　由是一变而为五言六句。

　　　彩女迎金屋,仙姬出画堂。鸳鸯裁锦袖,翡翠贴花黄。歌响舞分行,艳色动流光。

　　右崔液〔踏歌〕词。按《全唐诗》注曰:此词五言六句,惟于第五句用韵。如将末二句读作上七言下三言者误。

　　　五色绣团圆,登君玳瑁筵。最宜红烛下,偏称落花前。上客如先起,应须赠一船。

右刘禹锡〔抛球乐〕词。按皇甫松作,起句可不叶。此体即明人所谓五言小律也,与〔踏歌〕词体不同。

再变而为五言八句。

　　祖席驻征棹,开帆候信潮。隔筵桃叶泣,吹管杏花飘。　　船去鸥飞阁,人归尘上桥。别离惆怅泪,江路湿红蕉。

右皇甫松〔怨回纥〕词。按《词律》曰:此词见《尊前集》。且题名与曲意不合,正是词体,非五言律诗也。

　　侍女动妆奁,故故惊人睡。那知本未眠,背面偷垂泪。　　懒卸凤皇钗,羞入鸳鸯被。时复见残灯,和烟堕金穗。

右韩偓〔生查子〕词。按《词笺》曰:韩词别一首曰:"空楼雁一声,远屏烟半灭。"结曰:"眉山正愁绝。"平仄不拘,惟用仄韵叶。与〔怨回纥〕之叶平韵者不同。

　　门外猧儿吠,知是萧郎至。划袜下香阶,冤家今夜醉。　　扶得入罗帏,不肯解罗衣。醉则从他醉,还胜独睡时。

右无名氏〔醉公子〕词。按《怀古录》曰：此唐人词也。前半用仄韵叶，后半换平韵叶。与〔怨回纥〕、〔生查子〕不同。

漠漠秋云淡，红藕香侵槛。枕倚小山屏，金铺向晚扃。　睡起横波谩，独坐情何限。衰柳数声蝉，魂销似去年。

右顾夐〔四换头〕词。按别本首句曰："河汉秋云淡。"此词凡二句一韵，四换韵，平仄通叶。与他体不同。
又变而为六言四句。

回波尔时酒卮，微臣职在箴规。侍宴既过三爵，喧哗窃恐非仪。

右李景伯〔回波乐〕同。按刘肃《大唐新语》载此词首句曰："回渡词持酒卮。"顾炎武《日知录》以为"词"、"卮"叶，读作三言二句。不知有沈佺期、裴谈二词可证也。张说〔舞马〕词、韦应物〔三台令〕词体同，惟首句不叶。

昨日卢梅塞口，整见诸人镇守。都护三年不归，折尽江边杨柳。

右无名氏〔塞姑〕词。按《崇文书目》曰："李燕牧〔薅子〕词,六言四句,是此体已起于太宗时矣。"此词用仄韵叶,与裴谈〔回波乐〕词体同。

再变而为六言八句。

晴川落日初低,惆怅孤舟解携。鸟向平芜远近,人随流水东西。　白云千里万里,明月前溪后溪。独恨长沙谪去,江潭春草萋萋。

右刘长卿〔谪仙怨〕词。按本集作六言律诗。考《全唐诗》载窦弘馀、康骈二家所作,通首四声一字不易,是词也。《词谱》载宋人词六言八句一首,用仄韵叶,附录于左。

拂破秋江烟碧,一对双飞𪆰鶒。应是远来无力,相偎稍下沙碛。　小艇谁吹横笛,惊起不知消息。悔不当时描得,如今何处寻觅。

右朱敦儒〔双𪆰鶒〕词,每句用叶,与〔谪仙怨〕不同。〔谪仙怨〕,《词谱》不收,应补。

三变而为六言十句。

铜壶漏滴初尽,高阁鸡鸣半空。催起五门金锁,犹垂三殿珠栊。阶前御柳摇绿,仗下宫花散红。鸳瓦数行晓日,鸾旗百尺春风。侍臣舞蹈重拜,圣寿南山永同。

右冯延巳〔寿山曲〕词。按《蓉城集》曰："'鸳瓦'二句，殊有元和气象，堪与李氏齐驱。"即指此也。见《花草粹编》。

又变而为七言八句。

　　沉檀烟起盘红雾，一箭霜风吹绣户。汉宫花面学梅妆，谢女雪诗裁柳絮。　　长垂夹幕孤鸾舞，旋炙银笙双凤语。红窗酒病嚼塞冰，冰损相思无梦处。

右徐昌图〔木兰花〕词。按杨湜《古今词话》曰："昌图肃宗时进士，非宋初人也。"此词与〔瑞鹧鸪〕同为七言律诗，惟叶韵有平仄之别耳。〔瑞鹧鸪〕，唐词，今不传，故录宋词以证之。

　　遥天拍水共空明，玉镜开奁特地晴。极目秋容无限好，举头醉眼暂须醒。　　白眉公子催行急，碧落仙人著句清。后夜萧萧菱苇岸，一樽独酌见离情。

右侯寘〔瑞鹧鸪〕词。按《苕溪渔隐丛话》曰：唐初歌曲，今止存〔瑞鹧鸪〕、〔小秦王〕二词。〔瑞鹧鸪〕是七言八句诗，犹依字易歌；〔小秦王〕必须杂以虚声，乃可歌耳。

再变而为七言六句。

　　枕障熏炉隔绣帷，二年终日苦相思。杏花明月始应知。　　天上人间何处去，旧欢新梦觉来时。黄昏微雨画帘垂。

右张曙〔浣溪沙〕词。按《花间集》《花庵词选》均曰张泌作。两结句用单句，如《孔雀东南飞》古乐府之用单句法也。
三变而为七言四句。

床头锦衾斑复斑，架上朱衣殷复殷。空庭明月闲复闲，夜长路远山复山。

右王丽真〔字字双〕词。按《才鬼录》曰：此词由唐中涓传出。盖亦七言绝句而每句用叶者。与〔忆王孙〕略同。
其渐变而为长短句者，始于〔一点春〕，继以〔回纥曲〕，即由五七言诗相合而成者也。

阴山瀚海信难通，幽闺少妇罢裁缝。缅想边庭征战苦，谁能对镜治愁容。久戍人将老，须臾变作白头翁。

右无名氏〔回纥曲〕词。按《词品》曰："此词长歌之哀，过于痛哭，必隋末唐初人所作也。"
冯延巳〔抛球乐〕全仿此体。《词谱》不收，应补。

逐胜归来雨未晴，楼前风重草烟轻。谷莺语软花边过，水调声长醉里听。款举金觥劝，谁是当筵最有情。

右冯延巳〔抛球乐〕词。按《阳春集》本调凡六首,字句平仄同。《词谱》取冯词而承其名,亦不考所出矣。

玄宗皇帝好诗歌,精音律,多御制曲。有〔紫云回〕、〔万岁乐〕、〔夜半乐〕、〔还京乐〕、〔凌波神〕、〔荔枝香〕、〔阿滥堆〕、〔雨淋铃〕、〔春光好〕、以上见《碧鸡漫志》。〔踏歌〕,见《辇下岁时记》。〔秋风高〕,见《开元轶事》。〔一斛珠〕见《梅妃传》。等词。今传者有〔好时光〕一词。

宝髻偏宜宫样。莲脸嫩,体红香。眉黛不须张敞画,天教入鬓长。　莫倚倾国貌,嫁取个、有情郎,彼此当年少。莫负好时光。

右玄宗皇帝〔好时光〕词。按《全唐诗》注曰:唐人乐府,元是律绝等语,杂和声歌之。凡五音二十八调,各有分属。自宫调失传,遂并和声亦作实字矣。此词疑亦五言八句诗,如"偏"、"莲"、"张"、"敞"、"个"等字,本属和声,而后人改作实字也。

李白和之,有〔清平调〕、〔菩萨蛮〕、〔忆秦娥〕、〔清平乐〕、〔桂殿秋〕、〔连理枝〕等词。

平林漠漠烟如织,寒山一带伤心碧。暝色入高楼,有人楼上愁。　玉阶空伫立,宿鸟归飞急。何处是归程,长亭连短亭。

右李白〔菩萨蛮〕词。按黄昇《花庵绝妙词选》曰:"李氏〔菩萨蛮〕、〔忆秦娥〕二词,为百代词曲之祖。"

其余诸家,若张志和〔渔歌子〕即七言绝,惟于第三句减一字,化作六字二句。

西塞山前白鹭飞,桃花流水鳜鱼肥。青箬笠,绿蓑衣。斜风细雨不须归。

右张志和〔渔歌子〕词。按《词苑》曰:此词极清丽,恨其曲度不传。苏轼增句作〔浣溪沙〕,黄庭坚增句作〔鹧鸪天〕,亦借声之法也。

韩翃〔章台柳〕即仄韵七言绝,惟于第一句减一字,化作六字二句。

章台柳,章台柳。往日依依今在否。纵使长条似旧垂,也应攀折他人手。

右韩翃〔章台柳〕词。按柳氏答词首曰:"杨柳枝,芳菲节。"以下同。是起句可不叠。

刘禹锡〔潇湘神〕即平韵七言绝。亦于第一句减一字,化作六字二句。

斑竹枝,斑竹枝。泪痕点点寄相思。楚客欲听瑶瑟怨，潇湘深夜月明时。

右刘禹锡〔潇湘神〕词。按本集又一首，首曰"湘水流，湘水流"，是起句须用叠，与〔章台柳〕不同。

郑符〔闲中好〕即仄韵五言绝，惟于第一句减二字改作三字一句。

闲中好，尽日松为侣。此趣人不知，轻风度僧语。

右郑符〔闲中好〕词。按段成式、张希复二家作，首句亦曰"闲中好"。惟用平韵叶，且不作拗句，微有不同耳。

元稹〔樱桃花〕即仄韵七言绝，作于第一句减四字，改作三字一句。

樱桃花，一枝两枝千万朵。花砖曾立采花人，窣破罗裙红似火。

右元稹〔樱桃花〕词。按《古今词话》曰：此亦长短句。比〔章台柳〕少叠三字，《词谱》不收。应补。

皇甫松〔天仙子〕即仄韵七言绝，惟于第三句下加作三字二句。

晴野鹭鸶飞一只，水葓花发秋江碧。刘郎此日别天仙。登绮席，泪珠滴。十二晚峰青历历。

右皇甫松〔天仙子〕词。按《乐府杂录》曰:〔天仙子〕本名〔万斯年〕,属龟兹部舞曲,因皇甫松词,故易今名也。

近年敦煌石室中,新出唐写本《玄瑶集杂曲子》三十首,内有〔天仙子〕词一首,附录于左:

> 燕语莺啼三月半。烟蘸柳条金线乱。五陵原上有仙娥。携歌扇,香烂漫。留住九华云一片。
> 犀玉满头花满面。负妾一双偷泪眼。泪珠若得似珍珠。拈不散,知何限。串向红丝应百万。

右无名氏〔天仙子〕词。按唐五代人〔天仙子〕词只一叠,或叶平韵;或首二句叶仄韵,第三句起换平韵叶;第二句平起仄起可不拘。至宋人方如后叠,专叶仄韵,第二句平仄同首句。此词与唐五代人词不合。惟既云出于唐写本,犹以为疑也。唐写本为英人购去,今归英伦图书馆。

吕岩〔梧桐影〕即七言三句,惟于第一句减一字,化作三字二句。

> 落日斜,秋风冷。今夜故人来不来,教人立尽梧桐影。

右吕岩〔梧桐影〕。按《庚溪诗话》曰:京师景德寺东廊壁间题此词,相传吕仙笔也。

诸家以外稍变其体者,若韦应物有〔转应曲〕词。

河汉，河汉，晓挂秋城漫漫。愁人起望相思，塞北江南别离。离别，离别。河汉虽同路绝。

右韦应物〔转应曲〕调。按计有功《唐诗纪事》曰：韦苏州小诗不多见，惟〔三台令〕、〔转应曲〕流传耳。王建、戴叔伦二家作即仿其体。

刘禹锡有〔春去也〕词。

　　春去也，多谢洛城人。弱柳从风疑举袂，丛兰浥露似沾巾。独坐亦含颦。

右刘禹锡〔春去也〕词。按《碧鸡漫志》曰：此曲自唐至今皆南吕宫，字句相同。因刘词故名〔春去也〕，白居易复更名曰〔忆江南〕。

白居易有〔花非花〕、〔忆江南〕、〔如梦令〕、〔长相思〕、〔一七令〕等词。

　　前度小花静院，不比寻常时见。见了又还休，愁却等闲分散。肠断肠断，记取钗横鬓乱。

右白居易〔如梦令〕词。按《东坡词》注曰：此曲本后唐庄宗制，名〔忆仙姿〕。嫌其名不雅，故改曰〔如梦令〕。因词中有"如梦，如梦，残月落花烟重"句也。今得白氏词，

第二章 论隋唐人词以温庭筠为宗

是言之不确矣。

宣宗大中间，温庭筠出，始专为词。庭筠字飞卿，并州人。初名岐，后改曰庭云，又改曰庭筠。貌极陋，时号温钟馗。才思艳丽，与李商隐、段成式齐名，效之者目为"三十六体"，又曰"温八叉"。以士行有缺，累举不第。宣宗爱唱〔菩萨蛮〕词，丞相令狐绹乞其代制以进，戒令勿他泄，而遽言于人。又以言触帝怒，出为方城尉。徐商镇襄阳，署为巡官。及商执政，入为国子助教，商罢遂废。所著有《握兰》《金荃》等集。唐人词多附诗以传，词之有集，自庭筠始也。赵崇祚《花间集》录其词六十六首，最著者为〔菩萨蛮〕词。

南园满地堆轻絮，愁闻一霎清明雨。雨后却斜阳，杏花零落香。　无言匀睡脸，枕上屏山掩。时节欲黄昏，无憀独倚门。

右温庭筠〔菩萨蛮〕词。按张惠言《茗柯词选》曰："温氏〔菩萨蛮〕皆感士不遇之作。"细味之良然。

《词源》尝谓："词之难于令曲，如诗之难于绝句。不过十数句，一字一句闲不得。末句最当留意，有有余不尽之意始佳。"温氏其首出也。《苕溪渔隐丛话》尤称其〔更漏子〕词。

玉炉香，红蜡泪，偏照画堂秋思。眉翠薄，鬓云残，夜长衾枕寒。　梧桐树，三更雨，不道离情正苦。一叶叶，一声声，空阶滴到明。

右温庭筠〔更漏子〕词。按顾梧芳《尊前集》《古今词话》谓吕鹏作《尊前集》。《花庵词选》于李白〔清平乐〕词下自注谓采自唐吕鹏《遏云集》,《遏云集》今无传。是鹏为唐人,不应录及五代人词矣。朱彝尊《词综》据毛晋跋谓顾梧芳作。今所传者,或顾氏承吕氏原书而以意为出入也,故从之。《四库提要》谓不著撰人名氏,亦非。曰:〔更漏子〕属商调。

此词为冯延巳作。《阳春集》谓别作温庭筠。《全唐诗》则两收之。

其所创各体,如〔南歌子〕、〔荷叶杯〕、〔蕃女怨〕、〔遐方怨〕、〔诉衷情〕、〔定西番〕、〔思帝乡〕、〔酒泉子〕、〔玉胡蝶〕、〔女冠子〕、〔归自谣〕、〔河渎神〕、〔河传〕等,虽自五七言诗句法出,而渐与五七言诗句法离。所谓解其声故能制其调也,宜后人奉以为法矣。若杜甫、元结、白居易、元稹、王建、张籍之新乐府,或作长短句,或作五七言诗,虽曰乐府,而不以入词。其真能破诗为词者,始于李白之〔忆秦娥〕词。

　　箫声咽,秦娥梦断秦楼月。秦楼月,年年柳色,霸陵伤别。　　乐游原上清秋节,咸阳古道音尘绝。音尘绝,西风残照,汉家陵阙。

右李白〔忆秦娥〕词。按郭茂倩《唐词纪》曰:〔忆秦娥〕,商调曲也,《凤楼春》即其遗意。太白〔菩萨蛮〕或疑温庭筠辈伪托,〔桂殿秋〕或疑李德裕辈伪托,〔连理枝〕

或疑宋人〔小桃红〕之半,〔清平乐〕或谓既有〔清平调〕三绝句不应复有词。惟〔忆秦娥〕无议其伪者,故录之。

极于温庭筠之〔河传〕词。

湖上,闲望,雨潇潇。烟浦花桥,路遥。谢娘翠峨愁不销。终朝,梦魂迷晚潮。　荡子天涯归棹还。春已晚,莺语空肠断。若邪溪,溪水西。柳堤,不闻郎马嘶。

右温庭筠〔河传〕词。按《碧鸡漫志》曰:〔河传〕属水调,本隋曲,炀帝所制,不传已久。唐词存者二,一属南吕宫,凡前段平韵,后换仄韵起。一乃今〔怨王孙〕曲,属无射宫,今以属仙吕调。非也。

他若昭宗皇帝之〔巫山一段云〕词。

蝶舞梨园雪,莺啼柳带烟。小池残日艳阳天,苎萝山又山。　青鸟不来愁绝,忍看鸳央双结。春风一等少年心,闲情恨不禁。

右昭宗皇帝〔巫山一段云〕词。按《尊前集》曰:帝幸蜀时题宝鸡驿壁。或云宫人作。

司空图之〔酒泉子〕词。

买得杏花,十载归来方始坼。假山西畔药栏东,满枝红。　　旋开旋落旋成空，白发多情人更惜。黄昏把酒祝东风。且从容。

右司空图〔酒泉子〕词。按《词苑》曰：此调始于温庭筠，有四十字、四十一字二体。司空图始改作四十五字体。毛文锡仿之，首句曰"绿树春深"，"春"字改平声。宋人遂通用此体矣。

无名氏之〔凤归云〕词。

　　征夫数岁，萍寄他乡。去便无消息，累换星霜。愁听砧杵疑塞雁，□□□行。孤眠鸾帐里，枉劳魂梦，夜夜飞扬。　　想君薄行，更不思量。谁为传书与，表妾衷肠。倚牖无言垂血泪，暗祝三光。万般无那处，一炉香尽，又更添香。

右无名氏〔凤归云〕词。按《古今词话》曰：〔凤归云〕长调属林钟商。是唐人有此词矣，不独滕潜〔凤归云〕二词，犹作七言绝也。此词亦见唐写本《玄瑶集杂曲子》，阙三字，与柳永一百一字体、一百十八字体二者不同。《词谱》不收，应补。

论其句法，亦二家之遗也。《词统源流》以为词之长短错落，发源于《三百篇》。温氏之词，极长短错落之致矣。言词者必奉以为宗，洵万世不祧之俎豆哉。

第三章　论五代人词以西蜀南唐为盛

陆游曰："诗至晚唐五季，气格卑陋，千人一律，而长短句独精巧高丽，后世莫及，此事之不可晓者。"王士禛亦曰："五季文运萎敝，他无可称，独其所作小词，浓艳隐秀，蹙金结绣而无痕迹。"备见于赵崇祚《花间集》中，所录十八家，自温庭筠、皇甫松外，凡十六家，为五季时人，可谓盛矣。

  韦庄四十七首　　薛昭蕴十九首
  牛峤三十一首　　张泌二十七首
  毛文锡三十一首　牛希济十一首
  欧阳炯十七首　　和凝二十首
  顾敻五十五首　　孙光宪六十首
  魏承班十五首　　鹿虔扆六首
  阎选八首　　　　尹鹗六首
  毛熙震二十九首　李珣三十七首

其别见之《尊前集》者又九家。

后唐庄宗四首　　　南唐中主五首
后主八首　　　　　成彦雄十首
庾传素一首　　　　刘侍读一首
欧阳彬一首　　　　许岷二首
林楚翘一首

　　盖其时君唱于上，臣和于下，朝野恬嬉以相娱乐。后唐庄宗尤知音，工度曲，有〔忆仙姿〕、〔一叶落〕、〔阳台梦〕、〔歌头〕等词。

　　　　薄罗衫子金泥缝，困纤腰怯铢衣重。笑迎移步小兰丛，輭金翘玉凤。　　娇多情脉脉，羞把同心撚弄。楚天云雨却相和，又入阳台梦。

　　右后唐庄宗〔阳台梦〕词。按孙光宪《北梦琐言》曰：〔一叶落〕、〔阳台梦〕皆庄宗所制。旧本首句作"金泥凤"，"凤"字韵复。从别本改。
　　前蜀后主王衍有〔醉妆词〕、〔甘州曲〕等词。

　　　　画罗裙，能结束，称腰身。柳眉桃脸不胜春，薄媚足精神。可惜许沦落在风尘。

　　右前蜀后主〔甘州曲〕词。按吴任臣《十国春秋》曰：蜀主衍奉其太后太妃祷青城山，宫人皆衣云霞之衣。后主自制〔甘州曲〕，令宫人歌之。本谓神仙而在凡尘耳，后降中原，宫伎多沦落人间，始验其语。

后蜀后主孟昶有〔玉楼春〕词。

> 冰肌玉骨清无汗，水殿风来暗香满。绣帘一点月窥人，欹枕钗横云鬓乱。　起来琼户启无声，时见疏星渡河汉。屈指西风几时来，只恐流年暗中换。

右后蜀后主〔玉楼春〕词。按朱锡鬯《词综》曰：苏轼〔洞仙歌〕本檃括此词，然未免反有点金之憾。张惠言《词选》则以苏词为佳，宋翔凤《乐府余论》又反其说。实则〔洞仙歌〕唐曲见《教坊记》，惟字句决不同宋词，苏氏偶未之考耳。至谢元明所得之古石刻，明出伪记。《乐府余论》辨之详矣，可不论也。又《十国春秋》谓后主有〔相见欢〕词甚工，今不传。

南唐中主李璟有〔浣溪沙〕、〔山花子〕等词。

> 菡萏香消翠叶残，西风愁起绿波间。还与韶光共憔悴，不堪看。　细雨梦回鸡塞远，小楼吹彻玉笙寒。多少泪珠何限恨，倚栏干。

右南唐中主〔山花子〕词。按《南唐书》曰：王感化善讴歌，系乐部为歌板色。中主尝作〔山花子〕词二首，手写以赐。后主即位，感化以札上之。后主感动，赏赐甚优。或以为后主作,非也。

南唐后主李煜所作词尤多。王世贞《四部稿》曰:〔玉楼春〕词,致语也;〔虞美人〕词,情语也。是犹以常人论之也。蔡絛《西清诗话》谓其〔浪淘沙〕诗曰"含思凄婉",黄昇《花庵词选》谓其〔相见欢〕词曰:"亡国之音哀以思",盖其心愈悲,其词愈苦矣。苏轼则非其〔破阵子〕词。

四十年来家国,三千里地山河。凤阁龙楼连霄汉,玉树琼枝作烟萝。几曾识干戈。　一旦归为臣虏,沈腰潘鬓销磨。最是仓皇辞庙日,教坊犹奏别离歌。挥泪对宫娥。

右南唐后主〔破阵子〕词。按苏轼《志林》曰:"后主既为樊若水所卖,举国与人。故当痛哭于九庙之前,谢其民而后行,顾乃作此痴语哉!"

刘延仲则补其〔临江仙〕词:

樱桃落尽春归去,蝶翻金粉双飞。子规啼月小楼西。玉钩罗幌,惆怅卷金泥。　门掩寂寥人散后,望残烟草凄迷。何时重听玉骢嘶。扑帘柳絮,依约梦回时。

右南唐后主〔临江仙〕词。按《乐府纪闻》曰:后主于围城中赋〔临江仙〕词,至"望残烟草凄迷",于此停笔。以下则刘延仲所补也。而《花间集》所载,收处有"烬香闲袅凤皇儿，空持裙带，回首故依依"三句，故是全本。今本《花间集》无此词，此未知所据。又《全唐诗》所录后主〔临江仙〕词二首，各逸其半。一曰："庭空客散人归后，画堂半掩朱帘。林风淅淅夜厌厌。小楼新月，回首故纤纤。"又一曰："春光镇在人空老，新愁往恨何穷。金窗力困起还慵。一声羌笛，惊起醉怡容。"则未见全词也。

此非真知后主者，不足与言词。观其归宋后与故宫人书曰："此中日夕只以眼泪洗面。"每有所作，旧臣闻之多泣下者。牵机药之赐，虽曰咎有自取，亦太宗之疑忌有以致之也。言词者必首数三李，谓唐之太白、南唐之二主及宋之易安也。太白不以词名，且其词不多见。《尊前集》录其〔菩萨蛮〕词三首，"人人尽说江南好"一首，各本皆属之韦庄，此误收也。录南唐二主词，以〔一斛珠〕"晓妆初过"一首，〔菩萨蛮〕"人生愁恨何能免"一首，〔更漏子〕"金雀钗"一首，〔虞美人〕"春花秋月何时了"一首，属之中主；以〔山花子〕"菡萏香消翠叶残"一首，〔更漏子〕"柳丝长"一首，属之后主。〔更漏子〕二词，各本皆曰温庭筠作，亦误收也。后主之词，今存者凡三十五首。于富贵时能作富贵语，愁苦时能作愁苦语，无一字不真，无一语不俊。温氏以后，为五季一大宗。惟〔菩萨蛮〕"花明月暗笼轻雾"一首，又〔铜簧韵〕"脆锵寒竹"一首，未免轻薄，贻来世以口实。龙衮《江南录》曰：小周后随后主归朝，封郑国夫人。例随命妇入宫，辄数日出，必大泣骂，声闻于外。后主宛转避之。亡国之惨，辱及妻孥，亦轻薄之报也。其本集所未收者有〔柳枝〕词。

　　风情渐老见春羞，到处芳魂感旧游。多见长条似相识，强垂烟穗拂人头。

右南唐后主〔柳枝〕词。按《客座赘语》曰："后主尝作〔柳枝〕词，书黄罗扇上，以赐宫人庆妙，后亦流落人间，乃得见之。"本集不收，应补。

独其所创之〔嵇康曲〕、见《客座赘语》。〔念家山破〕，见《乐书》。后皆不传，良可惜耳。赵录于以上诸家词悉所不采。所录十六家，以蜀人为多。

　　韦庄，蜀同平章事，谥文靖。
　　牛峤，蜀给事中。
　　牛希济，峤之兄子，蜀翰林学士御史中丞，入后唐为雍州节度副使。
　　毛文锡，蜀司徒，贬茂州司马，入后唐为内庭供奉。
　　薛昭蕴，蜀侍郎。
　　魏承班，蜀太尉。
　　尹鹗，蜀参卿。
　　李珣，蜀秀才。

右前蜀八家，牛希济、毛文锡二家不系之后唐者。从旧说也。

欧阳炯,后蜀同平章事,入宋为左散骑常侍。
　　顾敻,后蜀太尉。
　　鹿虔扆,后蜀太保。
　　阎选,后蜀布衣。
　　毛熙震,后蜀秘书监。

右后蜀五家。欧阳炯一家说如上。
赵氏本蜀人,耳目所近。无可议者,其余三家:

　　和凝,后唐翰林学士、知制诰,后晋同平章事,后汉太子太傅、鲁国公,后周侍中。

右后唐一家,说如上。

　　张泌,南唐内史舍人,入宋为郎中。

右南唐一家,说如上。

　　孙光宪,南平御史中丞,入宋为黄州刺史。

右南平一家,说如上。
失之太少,见诸顾录者,庾传素有〔木兰花〕词:

> 木兰红艳多情态，不似凡花人不爱。移来孔雀槛边栽，折向凤皇钗上戴。　是何芍药争风彩，自共牡丹长作对。若教为女嫁东风，除却黄莺难匹配。

右庾传素〔木兰花〕词。按《历代词人姓氏录》曰："传素，蜀同平章事，入后唐为刺史。"欧阳彬有〔生查子〕词：

> 竟日画堂欢，入夜重开宴。剪烛蜡烟香，促席花光颤。　待得月华来，满院如铺练。门外簇骅骝，直待更深散。

右欧阳彬〔生查子〕词。按蒋一葵《尧山堂外记》曰："彬字齐美，炯之弟也。后蜀尚书左丞，出为宁江军节度使。"亦蜀人也。刘侍读有〔生查子〕词，许岷有〔木兰花〕词，林楚翘有〔菩萨蛮〕词，则其人无可考矣，故略之。

按《雅言系述》曰：林楚才，贺州富川人，与黄损善损字益之，连州人，南汉尚书左仆射，以极谏忤意罢。有赠损诗曰："身闲不恨辞官早，诗好常甘得句迟。"楚才或与楚翘兄弟行也。

其他所散见者，闽陈后金凤有〔乐游曲〕词：

> 西湖南湖斗彩舟，青蒲紫蓼满中洲。波渺渺，水悠悠，长奉君王万岁游。

右闽陈后〔乐游曲〕词。按《五代史》注曰：金凤，福清人，唐福建观察使陈岩女。王审知据闽，纳为才人。子鏻立，复嬖之，及僭号，册为后。金凤善歌舞，有〔乐游曲〕二首，与〔渔歌子〕平仄不同，当别是一律。《词谱》不收，应补。

孙鲂有〔杨柳枝〕词：

　　暖傍离亭静拂桥，入流穿槛缘阴摇。不知落日谁相送，魂断千条与万条。

右孙鲂〔杨柳枝〕词。按《全唐》注曰：鲂字伯鱼，南昌人。从郑谷为诗，颇得郑体。仕吴为宗正卿，与沈彬、李建勋友善。有〔杨柳枝〕词五首，此其第三首也。

陶谷有〔风光好〕诗：

　　好因缘，恶因缘。只得邮亭一夜眠，别神仙。琵琶拨尽相思调，知音少。再把鸾胶续断弦，是何年。

右陶谷〔风光好〕词。按洪遂《侍儿小名录》曰："谷奉使南唐，求遗书，顾骄甚。韩熙载命歌姬秦弱兰伪为驿卒女，谷惑之，作此以赠。明日中主宴谷，弱兰出，歌以侑觞。谷大惭而罢。"又沈睿达《云巢编》曰："此谷奉使吴越求逸犬，为赠杭妓杜任娘而作。"未知孰是。

伊用昌有〔忆江南〕词：

江南鼓，梭肚雨头栾。钉着不知侵骨髓，打来只是没心肝。空腹被人谩。

右伊用昌〔忆江南〕词。按《历代词人姓氏录》曰：用昌，楚王马殷时南岳道士，有异术。其词多作炼形服气者言，亦吕岩词之流匹也。

至无名氏之〔后庭宴〕词，疑亦当时人所作也。

千里故乡，十年华屋。乱云飞过屏山簇。眼重眉褪不胜春，菱花知我销香玉。　　双双燕子归来。应解笑人幽独，断歌零舞，遗恨清江曲。万树绿低迷，一庭红扑簌。

右无名氏〔后庭宴〕词。按《词苑》曰：宣和间掘地得石刻一词，唐人作也。本无名，后人名之为〔后庭宴〕云。又以〔鱼游春水〕词亦为唐人作。考汲古本《草堂诗馀》，以〔鱼游春水〕词为阮逸女作，是出于北宋人矣。此词前半与〔踏莎行〕同，后半截然各列，与毛熙震四十四字体之〔后庭花〕又无一相似处。唐人词自〔河传〕外，前后叠相去无如是之远者，且"眼重"句与前蜀后主"柳眉桃脸不胜春"句法同，当是五代人所作也。

若吴越王钱俶。

按陈师道《后山诗话》曰：吴越王钱俶来朝，太祖为置宴。出内伎弹琵琶，王献诗曰："金凤欲飞遭掣搦，情脉脉。行即玉楼云雨隔。"太祖起拊其背曰："誓不杀钱王。"王又有〔木兰花〕断句曰："帝乡烟雨锁春愁，故国山川空泪眼。"亦未见全词。王子惟演罢相，为崇信军节度使，亦有〔木兰花〕词曰："城上风光莺语乱，城下烟波春拍岸。绿杨芳草几时休，泪眼愁肠先已断。情怀渐觉成衰晚，鸾镜朱颜惊暗换。昔年多病厌芳尊，今日芳尊惟恐浅。"词极凄婉，犹有余痛焉。

南唐大周昭惠后娥皇。

按毛先舒《填词名解》曰：大周后尝雪夜酣宴，举杯属后主起舞。后主曰："汝能创为新声则可。"后即命笺缀谱，喉无滞音，笔无停思，谱成，名〔邀醉舞破〕，又作〔恨来迟破〕。二词俱失，无有能传其音节者。

蜀李昭仪舜弦。

按黄休复《茅亭客话》曰：梓州李珣，其先波斯人。珣以秀才豫宾贡，事蜀主衍。国亡不仕。有《琼瑶集》，多感慨之音。其妹舜弦为衍昭仪，亦能词。尝作宫词，有"夗央瓦上瞥然声"句，后误入花蕊夫人集中，不知此词为李玉箫作。其全首曰："夗央瓦上瞥然声，昼睡宫娥梦里惊。元是我王金弹子，海棠花下打流莺。"昭仪亦有宫词曰："尽日池边钓锦鳞，芰荷香里暗消魂。依稀纵有寻香饵，知是金钩不肯吞。"其小词则不传矣。

蜀李宫人玉箫。

按《五代轶事》曰：玉箫为蜀主衍宫人，能歌衍宫词。一日命之歌，则歌"月华如水浸宫殿，有酒不醉真痴人"二句，其事与南唐王感化同。感化建州人，中主尝乘醉命之歌水调。惟歌"南朝天子爱风流"及"本为战争收拾得，却因歌舞解除休"，再四不易。中主覆杯叹曰："使孙、陈二主得闻此言，不至有衔璧之辱也。"遂宠之。《十国春秋》以王感化作杨花飞，未详孰是。

后蜀花蕊夫人费氏。

按陈继儒《太平清话》曰：后蜀亡，花蕊夫人作〔采桑子〕词题葭萌驿壁曰："初离蜀道心将碎，离恨绵绵。春日如年，马上时时闻杜鹃。"书至此为军骑促行。后有续成之者云："三千宫女如花貌，妾最婵娟。此去朝天，只恐君王宠爱偏。"花蕊至宋，尚有"四十万人齐解甲，更无一个是男儿"之句，岂有国初亡而作此败节语哉！

南唐韩续歌姬。

第三章 论五代人词以西蜀南唐为盛

按《南唐书》曰：仆射韩续请韩熙载撰父神道碑，以一歌姬润笔。文成，但叙谱系品秩，续请改窜，熙载还其所赆。姬作〔杨柳枝〕词以告别曰："风柳摇摇无定枝，阳台云雨梦中归。他年蓬岛音尘绝，留取尊前旧舞衣。"亦有好词，而世不经见。残鳞片爪，致足珍已。

南唐立国，尤多词人。二主以下，必以冯延巳《阳春集》为称首焉，所作若〔长命女〕词。

春日宴，绿酒一杯歌一遍。再拜陈三愿。一愿郎君千岁，二愿妾身长健，三愿如同梁上燕，岁岁长相见。

右冯延巳〔长命女〕词。按徐釚《词苑丛谈》曰：冯氏之词，典雅丰容，虽置在古乐府可以无愧。后有以此词改为〔雨中花〕者，一经窜易，而鄙恶甚矣。

王鹏运四印斋刻冯氏词一卷，凡一百十九首，又补遗七首，为宋仁宗嘉祐戊戌陈世修辑本。首录陈氏序，其外孙也。谓其思深语丽，韵逸调新，又能不矜不伐，以清商自娱，何其贤也。于立朝大节，亦作恕辞，则阿私之见已。《柳塘词话》谓黄庭坚、陈师道每以庸滥目之，然其言情之作，固胜于骈金俪玉也。惟所辑一百十九首，别作温庭筠者三首，〔酒泉子〕、〔更漏子〕、〔归国遥〕。南唐后主者二首，〔应天长〕、〔醉桃源〕。和凝者二首，〔抛球乐〕、〔鹤冲天〕。韦庄者三首，〔清平乐〕、〔菩萨蛮〕、〔应天长〕。牛峤者一首，〔归国遥〕。牛希济者一首，〔谒金门〕。薛昭蕴者一首，〔相见欢〕。顾夐者一首，〔浣溪沙〕。张泌者二首，

〔江城子〕二首。孙光宪者一首，〔浣溪沙〕。欧阳修者九首。〔应天长〕、〔芳草渡〕、〔更漏子〕，又〔蝶恋花〕四首、〔醉桃源〕二首。马令作《南唐书》本传曰："〔鹤冲天〕、〔归自谣〕二词尤见称于世。"《鹤冲天》既别作和氏，是陈本不全可据也。《雪浪斋日记》谓王安石论南唐后主词，以"细雨湿流光"五字为最妙。陈本亦录为冯氏〔南乡子〕词，欲求其确而不易也，难已哉。若"风乍起"一首，当系成幼文词。

　　风乍起，吹皱一池春水。闲引鸳鸯芳径里，手挼红杏蕊。　斗鸭栏杆独倚，碧玉搔头斜坠。终日望君君不至，举头闻鹊喜。

右成幼文〔谒金门〕词。按《古今词话》曰：江南成幼文为大理卿，词曲妙绝。尝作〔谒金门〕词，为中主所闻。因按狱稽滞，召诘之。且谓曰："卿职在典刑，一池春水又何干于卿？"幼文顿首以谢。《南唐书》以为冯词，陈振孙《直斋书录解题》亦曰："风乍起"世多言冯作，而《阳春集》不载，惟长沙本有之。当系成氏作也。

又成彦雄有〔杨柳枝〕词。

　　欲趁寒梅趁得么，雪中偷眼望阳和。阳和若不先留意，这个柔条争奈何。

右成彦雄〔杨柳枝〕词。按《全唐诗》曰：彦雄，字文干。南唐进士。有《梅岭集》五卷。《尊前集》录其〔杨柳枝〕词十首,《全唐诗》录九首。此独阙,故录之。文干与幼文自是族人,惟幼文之名不可考耳。

徐铉有〔抛球乐〕诗。

歌舞送飞球,金觥碧玉筹。管弦桃李月,帘幕凤皇楼。一笑千场醉,浮上任白头。

右徐铉〔抛球乐〕词。按本集曰:"铉工于诗文,若小词则间为之尔。"

薛九有〔嵇康曲舞〕词。

薛九三十侍中郎,兰香花媚生春堂。龙蟠王气变秋雾,淮声泗水浮秋霜。宜城酒烟生雾服,与君试舞当时曲。玉树遗词悔重听,黄尘染鬓无前缘。

右薛九〔嵇康曲舞〕词。按《客座赘语》曰:薛九,江南富家子,得侍后主官中。善歌《嵇康曲》,曲为后主所制。江南平,流落江北。尝一歌之,座人皆泣。后易为〔嵇康曲舞〕词,即此词也。《词谱》不收,应补。

罗大经《鹤林玉露》曰:"南唐张泌、潘佑、徐铉、汤悦,俱有才名。后主于官中作红罗亭,四面栽红梅,欲以艳曲记之。佑应令曰:'楼上春寒山四面,桃李不须夸烂漫。已输了东风一半。'时已失淮南,故以词讽谏也。"王铚《默记》

谓："后主居汴日，尝语徐铉曰：'当时悔杀了潘佑、李平。'"是佑不独能词，其人亦不可及矣。《江邻几杂志》以为韩熙载所作，赵氏录南唐惟张泌一家，余亦惟和凝、孙光宪二家。和氏《红叶稿》，多杂以他人之作。《乐府纪闻》曰：和氏艳词，每嫁名于韩偓，以在政府讳之也。《古今词话》曰：孙氏著《北梦琐言》，于词家逸事多有可证，是相去远矣。顾氏录人较多，录词过少，且于作者姓名，不加深考，固当博采旧说以为定也。故论五代人词，必以韦庄为最上。其〔菩萨蛮〕、〔归国遥〕等词，故国之思，油然而出。《古今词话》谓其〔荷叶杯〕、〔小重山〕等词，为蜀主建夺其宠姬而作。情意凄怨，盛行于时。张炎论词以温、韦并称，温以秾艳胜，韦以清丽胜，固异曲而同工也。以毛文锡为下最。叶梦得谓诸人平庸陋词，必曰此仿毛之赞成功而不及者。论其人以鹿虔扆为最上。《乐府纪闻》谓其初读书，见周公辅成王图，期以此见志。蜀亡不仕。词多感慨之音。以欧阳炯为最下，历仕四朝，不足责也。《尧山堂外纪》谓其后蜀枋政时，号"五鬼"之一，蜀之亡与有力焉。皆得赵录而传，赵氏洵词家之功人哉。

胡震亨《唐音癸签》曰：唐五代词调名，有年代名义可考者凡一百九十七，无年代名义可考者凡二百七十九。可谓多矣。《教坊记》所录调名凡三百二十四，皆不言其义。《碧鸡漫志》言其义者凡二十九，此灼而可信者。杨慎《丹铅录》、毛先舒《填调名解》所论者或出之附会矣，致远恐泥。是以君子不为也。

《因话录》谓柳范作〔折桂令〕，此小令之初见者。《理道要诀》谓唐玄宗改〔婆罗门引〕为〔霓裳羽衣曲〕，此引词之初见者。惟其词宋已不传，若元人之〔折桂令〕曲。

　　葛花袍纸扇芭蕉。两袖仙风，万古诗豪。富贵劳劳，功名小小，车马朝朝。算有只青山不老。是谁教白发相饶。休负良宵，百斛金波，一曲琼箫。

右张可久〔折桂令〕北曲。按《啸馀谱》曰："〔折桂令〕，双调曲也。"

宋人之〔婆罗门引〕词。

　　涨云暮卷，漏声不到小帘栊。银河夜洗晴空。皓月当轩高挂，秋入广寒宫。正金波不动，桂影朦胧。　佳人未逢，怅此夕与谁同。对酒当歌追念，霜满秋红。南楼何处，想人在横笛一声中。凝望眼立尽西风。

右曹组〔婆罗门引〕词。按《唐书·乐志》曰："《婆罗门》，外国舞曲。"

皆不足以证也。《碧鸡漫志》谓唐中叶始渐有慢曲，凡大曲就本宫调转引序慢，如仙吕〔甘州〕有八声慢是也。则慢词亦创于唐。《词苑丛谈》谓始于后唐庄宗一百三十六字体之歌头者，亦非。唐词字数之多，莫如杜牧九十字体之〔八六子〕，而《教坊记》无此曲，且恐有误处，故无言之者。远不若钟辐八十九字体之〔卜算子慢〕词可证也。

  桃花院落，烟重露寒，寂寞禁烟晴昼。凤拂珠帘，还记去年时候。惜春心不喜闲窗绣，倚屏山和衣睡觉，醺薰暗消残酒。　　独倚危阑久。把玉笋偷弹，黛蛾轻斗。一点相思，万般自家甘受。抽金钗欲买丹青手，写别来容颜寄与，使知人消瘦。

右钟辐〔卜算子慢〕词。按《全唐诗》注曰："辐，江南人，懿宗咸通末以广文生为苏州院巡。"

唐人慢词存者惟此而已。后则薛昭蕴八十七字体之〔离别难〕，尹鹗九十六字体之〔金浮图〕，李珣八十四字体之〔中兴乐〕，亦慢词也。汤显祖谓"词至五代，情至文生，诸体悉备，不独为苏、黄、秦、柳之开山。即宣和、绍兴之盛，皆兆于此矣"，善哉言乎。

第四章　论慢词兴于北宋

　　言词者必曰词至北宋而大，至南宋而深。固也。常州派言词则专主北宋，以为北宋之词与诗合，南宋之词与诗分。北宋犹争气骨，南宋则专精声律。是南宋词虽益工，以风尚而论，则有《黍离》降而诗亡之叹矣。不知南来词即出于北宋，特时代之有先后耳。北宋国势较强，政府诸公，以及在野之士，方以雍容揄扬，润色鸿业为乐事。其上者见朝政之弊，则借词以格君心之非。若夫先之厄于辽，后之厄于金，我能为献纳一字之争，已可告无罪于天下。初无人作深虑之论也。南宋局守一隅，议和议战，叫嚣不已，自命爱国者，方挟君父之仇不与共戴天之说，以博舆论之归。又知兵力之不足以胜人也，则口诛之、笔伐之，不遗余力，虽权奸亦未如之何。文网愈严，则词意愈晦。蚕室之僇，不能加诸其身。盖解人固不易索焉。故曰北宋之词大，南宋之词深。时为之，亦势为之尔。《花庵词选》为词家之善本。《四库提要》谓其前十卷终于北宋之王昂，而其中颇有已入南宋者。盖宣和靖康之旧人，过江犹在者也。后十卷既曰中兴以来词，而康与之、陈与义、叶梦得则皆北宋旧人。不知其以何者为断，故从其始则以和凝入后唐而不以入周，孙光宪入南平而不以入宋,此其例也。从其终则以李冶入元而不以入金,吴伟业入清而不以入明,此又其例也。而况一姓绝续之间,中辍者不过旬日。张邦昌之楚帝,以视王莽之于汉,刘渊之于晋,修短之数不同。必曰:北人使归北,南人归南,则朕亦北人,将安所归?若程垓一人,各家均书作南宋人,《四库提要》则书作北宋人。垓既与苏轼为中表,又学词于苏氏,系之南宋,则予生也晚矣。是《提要》所说可从焉。其余诸家,亦多从旧说而加以臆见云尔。

唐五代人词有专集而传之迄今者,为温庭筠朱祖谋刻本、南唐二主朱景行刻本、冯延巳王闿运刻本三家。光绪初于苏州尝见秀水杜氏所藏宋本李珣《琼瑶集》。时予甫髫龄,未学为词。且主家矜惜甚,未敢请也。四十年来,不闻有议及者,恐失传久矣。北宋人词必较多于此,而未必多者。《词综·发凡》所谓唐宋人词,每别为一编,不入集中,故散佚最易。又谓常熟吴讷汇有《宋元百家词钞》,惜未见传本。毛晋汲古阁刻宋六十一家,始大有裨于学者。毛氏为吴氏同邑后进,未知即本于所钞否。惟校勘不精,乖误特甚,且随得随刻,不考其时代。冯煦《宋六十一家词选》,谓蒋捷以南部遗老,而列三集之中;晁补之、陈师道生际汴京,顾居六集之末。论世者病焉,类而别之。凡北宋二十三家:

  晏殊《珠玉词》
  欧阳修《六一词》
  晏幾道《小山词》从《词人姓氏录》列此。

柳永《乐章集》

苏轼《东坡词》

黄庭坚《山谷词》

秦观《淮海词》

程垓《书舟词》从《提要》列此。

晁补之《琴趣外篇》

陈师道《后山词》

李之仪《姑溪词》

毛滂《东堂词》

杜安世《寿域词》

葛胜仲《丹阳词》

周紫芝《竹坡词》

谢逸《溪堂词》

周邦彦《片玉词》

吕渭老《圣求词》从《词综》列此。

王安中《初寮词》

蔡伸《友古词》

赵师侠《坦庵词》

赵长卿《惜香乐府》以上二家从《历代诗馀》列此。

向子諲《酒边词》从《花庵词选》列此。

　　临桂王鹏运四印斋汇刻词，于北宋人得四家。若苏轼《东坡词》、周邦彦《清真词》已见毛刻不复数外，凡二家：

潘阆《逍遥词》

贺铸《东山乐府》

归安朱祖谋彊村汇刻词，于北宋人得十六家。若柳永《乐章集》、苏轼《东坡词》、秦观《淮海词》、贺铸《东山词》、毛滂《东堂词》，已见他刻不复数外，凡十一家：

《宋徽宗词》一卷

范仲淹《范文正公诗馀》一卷，附范纯仁《忠宣公诗馀》

张先《子野词》二卷，补遗二卷

王安石《临川先生歌曲》一卷，补遗一卷

韦骧《韦先生词》一卷

米芾《宝晋长短句》一卷

谢逸《竹友词》一卷

廖行之《省斋诗馀》一卷 原作南宋人，从《词人姓氏录》改列此。

刘弇《龙云先生乐府》一卷

吴则礼《北湖诗馀》一卷 《词人姓氏录》不载，从其父《宋史·吴中复传》列此。

元和江标灵鹣阁汇刻词，于北宋人得三家：

黄裳《演山词》

第四章 论慢词兴于北宋

葛郯《信斋词》

向滈《词人姓氏录》作"镐"。《乐斋词》

仁和吴昌绶双照楼汇刻景宋本词，于北宋人得六家。若欧阳修《近体乐府》六卷，又《醉翁琴趣外篇》六卷，黄庭坚《琴趣外篇》六卷，晁补之《晁氏琴趣》六卷，贺铸《东山词》一卷，周邦彦《片玉词》注十卷，向子諲《酒边词》一卷，已见他刻不复数外，凡一家：

晁端礼《闲斋琴趣外篇》六卷

综以上而观，北宋人词，删其复重，于毛刻得二十三家、王刻得二家、朱刻得十一家、江刻得三家、吴刻得一家，凡四十家。若周紫芝、王安中、赵长卿、向子諲诸家，皆生于北宋，没于南宋，或北或南，初无确论。《花庵词选》且不满于后人，而他可知已。余若赵令畤《聊复集》、晁冲之《具茨集》、王观《冠柳集》、苏庠《后湖集》、万俟雅言《大声集》、徐伸《青山乐府》、陈克《赤城词》、徐积《节孝集》、陈瓘《了斋词》、王之道《相山居士词》，为汇刻所未收者。或见之单行本，或见之丛书本，或见之钞本，或见之选本，固论次之所必及也。其或一词可传，附见他家记述者，悉所不遗。北宋人词，此其大略已。

北宋之初，言词者大都祖述南唐，以二主一冯为法。晏殊首出，得之最先。刘攽《中山诗话》谓其酷喜《阳春集》，其所自作亦不减冯氏乐府,若〔玉楼春〕词"重头歌韵响琤深,入破舞腰红乱旋"一联,皆管弦家语也。然而"花落"一联,实其得意之作。故诗与词两出之,入词之妙,尤胜于入诗。可与冯氏相竞矣。

　　一曲新词酒一杯,去年天气旧亭台。夕阳西下几时回。　无可奈何花落去,似曾相识燕归来。小园香径独徘徊。

右晏殊〔浣溪沙〕词。案《苕溪渔隐丛话》曰:殊赴杭,道出维扬,与王琪论诗。殊曰:"每得句,或弥年未尝强对,且如'无可奈何花落去',至今未有偶。"琪应声曰:"'似曾相识燕归来'何如?"殊大喜,遂辟置馆职。

幼子幾道,能世其学。尝以〔鹧鸪天〕词为仁宗所赏,故其别作曰:"舞低杨柳楼心月,歌尽桃花扇影风。"又曰:"梦魂惯得无拘检,又踏杨花过谢桥。"黄庭坚序谓寓以诗人句法,自能动摇人心,合者高唐洛神之流,下者亦不减桃叶团扇。盖气骨所存,且去诗未远焉。

　　梦后楼台高锁,酒醒帘幕低垂。去年春恨却来时。落花人独立,微雨燕双飞。　记得小蘋初见,两重心字罗衣。琵琶弦上说相思。当时明月在,曾照彩云归。

右晏幾道〔临江仙〕词。案无名氏《小山词序》曰:沈十二廉叔、陈十君龙家,有莲、鸿、蘋、云,品讴娱客。此词即为蘋而作也。

毛晋论词,以晏氏父子,追配李氏父子。彼丹阳归愚之相承,固不足数尔。欧阳修继之,其词亦出南唐,而加以深致。吴曾《能改斋漫录》谓其〔少年游〕咏草词,求诸温、李集中,殆与之为一。李清照独以〔蝶恋花〕词为深得叠字之法。

庭院深深深几许,杨柳堆烟,帘幕无重数。金勒雕鞍游冶处,楼高不见章台路。 雨横风狂三月暮,门掩梨花,无计留春住。泪眼问花花不语,乱红飞过秋千去。

右欧阳修〔蝶恋花〕词。案李清照《漱玉词》自注曰:"余极爱欧公'庭院深深'句,因用之作〔临江仙〕词。"是此词为欧作。今误入《阳春集》中。

其余若赵抃之〔折新荷引〕、寇准之〔江南春〕、陈尧佐之〔踏莎行〕、王琪之〔望江南〕、叶清臣之〔贺圣朝〕、韩琦之〔点绛唇〕、范仲淹之〔苏幕遮〕、宋祁之〔浪淘沙〕、韩缜之〔芳草〕、张昇之〔离亭燕〕、司马光之〔阮郎归〕,即夏竦之〔喜迁莺〕、贾昌朝、丁谓二家之〔木兰花〕,所谓各有艳词,当不以人废言也。且诸家不以词名,晏、欧二家,则以专力为之。晏家临川,欧家庐陵,王安石、黄庭坚,皆其乡曲小生,接足而起,词家之西江派,尤早于诗家。惟二氏诵法南唐,仅工小令,若慢词则始于柳永。《乐府余论》曰：词由小令而有引词。又曰：近词，谓引而近之也。又次而有慢词，慢者曼也，谓曼声而歌者也。慢词当起于宋仁宗朝。中原息兵，汴京繁庶，歌台舞席，竞赌新声。永以失意无聊，流连坊曲，乃尽取俚俗语言，编入词中，以便伎人传习。一时动听，散播四方。其后苏轼、秦观，相继有作，慢词遂盛。先于永者，惟欧氏有〔摸鱼儿慢〕词，而字句错误，未必可信。《西清诗话》谓欧词浅近者，是刘辉伪托，又多杂入柳词。不独〔望江南〕一词，明诬以盗甥之罪也。是慢词当始于柳氏矣。

对潇潇暮雨洒江天，一番洗清秋。渐霜风凄紧，关河冷落，残照当楼。是处红衰绿减，苒苒物华休。惟有长江水，无语东流。　　不忍登高临远，望故乡渺邈，归思难收。叹年来踪迹，何事苦淹留。想佳人妆楼长望，误几回天际识归舟。争知我，倚阑干处，正恁凝眸。

右柳永〔八声甘州〕词。按赵令畤《侯鲭录》曰：晁补之尝称其"霜风"三语，不减唐人，世言柳词俗，非也。

永先以〔鹤冲天〕词，有"忍把浮名，换了浅斟低唱"之句，为仁宗所斥。景祐中方登第，以磨勘转官。复以〔醉蓬莱〕词，仁宗见之不怪，止于屯田员外郎。其毕生精力，专用于词。有《乐章集》九卷，惟多杂以俳词，或者出于俗工所改也。

唐五代人无专以慢词著者，《草堂诗馀》录陈后主《秋霁词》一百四字体。《词律》以为后主于数百年前,何以先知有此体,其为伪托无论已。四印斋重刻明嘉靖戊戌陈钟秀校刻《草堂》原本,无中调、长调之分,与毛、闵诸刻体例迥殊。惟题号凌杂,注解芜陋,是其一病。可见五十八字以内为小令,五十九字至九十字为中调,九十字以外为长调,《填词名解》以为此古人定例也,不免傅会矣。盖字数之多寡,以歌时而定。读李景伯〔回波乐〕词,知侍宴有三爵之仪,未敢久于佚乐也。故间有慢词,而用之者少。至宋仁宗时,海内承平,宫中无事,日进平话一章,即后世章回小说之初起。每大宴必有乐语,一教坊致语、二口号、三勾合曲、四勾小儿队、五队名、六问小儿、七小儿致语、八勾杂剧、九放小儿队,此春宴也。若秋宴则加以十勾女弟子队、十一队名、十二问女弟子、十三女弟子致语、十四勾杂剧、十五放女弟子队。观宋祁、王珪所作,文必俪言,诗必宫体,亦一时雅尚也。若朝臣相宴,则用致语、口号而已。民间化之,对酒当歌,以永朝夕。柳氏慢词,即应时而作。其词靡,其志荒矣。迄乎英、神、哲三朝,此风尤盛。曾慥《乐府雅词》有所谓"转踏"者,皆以数小词连合而成。若无名氏之集句〔调笑〕,一《巫山》,二《桃源》,三《洛浦》,四《明妃》,五《班女》,六《文君》,七《吴娘》,八《琵琶》,凡八首,有致语,有口号,有放队。此其例也。

  艳阳灼灼河洛神,态浓意远淑且真。入眼平生未曾有,缓步伴羞行玉尘。凌波不过横塘路,风吹仙袂飘飘举。来如春梦不多时,天非花艳轻非雾。　　非雾,花无语,还似朝云何处去。凌波不过横塘路。燕燕莺莺飞舞,风吹仙袂飘飘举,拟倩游丝惹住。

右无名氏洛浦集句〔调笑〕词。案贺铸〔青玉案〕词首句曰"凌波不过横塘路",是此词出于贺氏后矣。《乐府雅词》以列于郑氏、晁氏诸作之先,《词谱》谓此词宣和中自宫禁传出,故从之。

余若秦观之〔调笑〕,一《王昭君》,二《乐昌公主》,三《崔徽》,四《无双》,五《灼灼》,六《盼盼》,七《崔莺莺》,八《采莲》,九《烟中怨》,十《离魂记》,凡十首,见本集。则惟有诗词。晁补之之〔调笑〕,一《西子》,二《宋玉》,三《大堤》,四《解佩》,五《回文》,六《唐儿》,七《春草》,凡七首,见《乐府雅词》。则惟有致语。郑仅字彦能,神宗时吏部侍郎,谥修敏。之〔调笑〕,一《罗敷》,二《莫愁》,三《文君》,四《桃源》,五《青楼》,六《冯子都》,七《吴姬》,八《苏小》,九《阳关》,十《太真》,十一《采莲》,十二《苏苏》,凡十二首,见《乐府雅词》。则有致语,有放队。毛滂之〔调笑〕,一《崔徽》,二《泰娘》,三《盼盼》,四《美人赋》,五《灼灼》,六《莺莺》,七《苔子》,八《张好好》,凡八首,见本集。则有白语,即致语。有遣队,即放队。本词之后,又有破子二首,与本词体同而无前诗句。《词律》曰:"单用后词者曰破子,又曰头子。"是也。又若无名氏〔九张机〕两作,亦《乐府雅词》之所谓"转踏"者,其例亦微不同。

四张机，咿哑声里暗颦眉。同梭织朵垂莲子，盘花易绾。愁心难整，脉脉乱如丝。

右无名氏〔九张机〕词之一。案徐本立《词律补》注曰：曾氏《雅词》所录无名氏两作，其一自一张机至九张凡九首为一调。其一于九首外又前有口号一首，后有遣队二首，凡十二首为一调。当全录之以备格云。惟口号以前，又有致语，所谓遣队者与本词体同。首句用短韵二字句，又与毛氏之破子同，亦当曰破子。又有七绝一首曰："歌声飞落画梁尘，舞罢香风卷绣茵。更欲缕成楼上恨，尊前忽有断肠人。"亦与毛氏之遣队同，惟"画梁"，毛作"杏梁"，第三句毛作"更拟绿云弄清切"，余悉同。复以"敛袂而归，相将好去"八字作收，亦与诸家之收句同。未知亦毛氏所作否也。据此则万说非，徐说亦非也。

又考之王性之有"莺莺曲"〔蝶恋花〕十二首。

镜破人离何处问。路隔银河，岁会知犹近。只道近来消瘦损，玉容不见空传信。　弃掷前欢俱未忍。岂料盟言，陡顿无凭准。地久天长终有尽，绵绵不似无穷恨。

右王性之〔蝶恋花〕词十二首之一。按《侯鲭录》曰：王性之《传奇辨正》谓，元稹《会真记》世以为佳话，惜不能歌。乃分原文为十章，各系一词，致语之外，先别为一词，末复缀一词。凡〔商调蝶恋花〕词十二首,此其末章也。

王安中有"六花队冬词"〔蝶恋花〕六首。

> 曲径深丛枝裊裊。晕粉柔绵,破萼烘清晓。十二番开寒最好,此花不恨春归早。　霜女飞来红翠少。特地芳菲,绝艳惊衰草。只滞东风终甚了,久长欲伴姮娥老。

右王安中"六花队咏长春"〔蝶恋花〕词。案《初寮集》长春口号曰:"露桃烟杏逐年新,回首东风迹已陈。顷刻开花公莫问,四时俱好是长春。"冬词凡六首,一《长春》,二《山茶》,三《蜡梅》,四《红梅》,五《迎春》,六《小桃》。各有口号一首,词一首。此其首章也。

王明清《挥麈录》谓曾布作《冯燕歌》,始渐成套数。此数词近之矣。转踏之义,诸家无道及者。老宋曲以本宫二曲相互用者如仙吕则用〔后庭花〕、〔金盏儿〕,正宫则用〔滚绣球〕、〔倘秀才〕之类。谓之缠达。二者音相近,与倒喇不同,徐釚《南州草堂词话》曰:倒喇,金元戏剧名。详见陆云士〔满庭芳〕词。盖一为歌曲,倒喇则舞曲也。若董颖《道宫薄媚·西子词》,《乐府雅词》则谓之大曲。凡分十章,一排遍第八,二排遍第九,三第十撷,四入破第一,五第二虚催,六第三衮遍,七第四催拍,八第五衮遍,九第六歇拍,十第七煞衮,以平仄通叶。道宫今不传。此词为宣和宫中大曲之一,他无可证。赵以夫《虚斋乐府》有九十二字体〔薄媚摘遍〕词,亦平仄通叶,即从此曲出也。晏幾道〔泛清波摘遍〕词,亦从大曲出。惟字数愈多，则费时愈多。柳氏慢词，此其嚆矢尔。

张先与柳氏齐名。先以天圣初登第，视柳氏为早，又号"张三影"，以所作有"云破月来花弄影"，"娇柔懒起，帘压卷花影"，"柳径无人，堕飞絮无影"，尤其得意句也。先亦工慢词，有〔谢池春慢〕词。

缭墙重院，间有流莺到。绣被掩余寒，画阁明新晓。朱槛连空阔，飞絮无多少。径莎平，池水渺。日长风静，花影闲相照。　尘香拂马，逢谢女，城南道。秀艳过施粉，多媚生轻笑。斗色鲜衣薄，碾玉双蝉小。欢难偶，春过了。琵琶流怨怨，都入相思调。

右张先〔谢池春慢〕词。案《古今词话》曰：此先于玉仙观道中逢谢媚卿作，一时传唱几遍，不独三中一词之见称于人口也。

永既卒，先独享老寿，以歌词闻天下。而协之以雅，苏轼犹及与之游。故亦好为词。

明月几时有，把酒问青天。不知天上宫阙，今夕是何年。我欲乘风归去，又恐琼楼玉宇。高处不胜寒，起舞弄清影，何似在人间。　转朱阁，低绮户，照无眠。不应有恨，何事长向别时圆。人有悲欢离合，月有阴晴圆缺。此事古难全，但愿人长久，千里共婵娟。

右苏轼"丙辰中秋作"〔水调歌头〕词。案《复雅歌词》曰:"神宗读至'琼楼'二句,曰:'轼终是爱君',乃命量移汝州。"

苏氏之词,论者不一。《四库提要》曰:"词至柳氏而一变,至苏氏而又一变,遂开南宋辛氏一派。寻流溯源,不能不谓之别格,然谓之不工则不可。故与《花间》一派,并行而不废。可谓得其平矣。"苏门四学士,张耒不以词名,故所作极少。《书录解题》曰:"近代词家,黄九、秦七外,晁氏未必多逊。黄庭坚词时出俚浅,而间亦有峭健句。若王安石及其弟安礼、安国,其子雱,孔武仲及其弟平仲,谢逸及其弟薖,王寀,刘弇,赵长卿,向子諲,徐俯,诸家属之西江派者。其词之得失同,不若秦观之能为曼声以合律也。"蔡伯世亦曰:"张先词胜乎情,柳永情胜乎词,情词相称,秦氏一人而已。其〔满庭芳〕词工矣,苏氏犹以学柳七作词为病,独许其'题郴州旅舍'词。"

雾失楼台,月迷津渡,桃源望断无寻处。可堪孤馆闭春寒,杜鹃声里斜阳暮。　　驿寄梅花,鱼传尺素,砌成此恨无重数。郴江幸自绕郴山,为谁流下潇湘去。

右秦观〔踏莎行〕词。案释惠洪《冷斋夜话》曰:"苏氏绝爱尾两句,自书于扇曰:'少游已矣,虽万身何赎!'"四人之外,又合陈师道、李荐,为六君子。陈氏《后山词》,李氏《月岩集》,与晁补之《琴趣外篇》相伯仲,皆非秦氏敌也。郎瑛《七修类稿》曰:"秦氏殁于藤州,贺铸作〔青玉案〕词以吊之。"

　　凌波不过横塘路,但自送芳尘去。锦瑟年华谁与度。月楼花榭,绮窗朱户,惟有春知处。　碧云冉冉蘅皋暮,彩笔新题断肠句。试问闲愁都几许?一川烟草,满城风絮,梅子黄时雨。

右贺铸〔青玉案〕词。按龚明之《中吴纪闻》曰:"铸有小筑在苏州盘门外之横塘,因作此词,时号'贺梅子'。"与郎说不合。

其他为苏氏党者,朱服有〔渔家傲〕词,王诜有〔忆故人〕词。若赵令畤《聊复集》、晁冲之《具茨集》,则尤著者也。为苏氏敌者,舒亶有〔菩萨蛮〕词,曾肇有〔好事近〕词,王雱有〔眼儿媚〕词。若王安石《半山词》,则尤著省也。毛滂属官也,以词进。

　　泪湿阑干花著露,愁到眉峰碧聚。此恨平分取,更无言语空相觑。　短雨残云无意绪,寂寞朝朝暮暮。今夜山深处,断魂分付潮回去。

右毛滂〔惜分飞〕词。案《西湖游览志》曰:"苏氏守杭,滂为法曹掾,秩满作此词。苏氏见之,折柬追回,款洽数月。"

程垓,中表也,以词传。

月挂霜林寒欲坠,正门外催人起。奈离别如今真个是,欲住也留无计,欲去也来无计。　马上离情衣上泪,各自个供憔悴。问江路梅花开也未,春到也频须寄,人到也频须寄。

右程垓〔酷相思〕词。按《四库提要》曰:"《词品》最称其〔酷相思〕、〔四代好〕、〔折红英〕数词,盖苏、程为中表,耳濡目染,有自来也。"
王观《冠柳集》,并起于一时。苏过亦能词,柳氏所不及也。

新月娟娟,夜寒江静山衔斗。起来搔首,梅影横窗瘦。　好个霜天,闲却传杯手。君知否,晓鸦啼后,归梦浓于酒。

右苏过〔点绛唇〕词。按《古今词话》曰:"小坡作〔点绛唇〕词,时禁苏氏文章,故隐其名以为汪藻作。"
言者遂以苏氏代柳氏,而柳失之俗,苏失之粗,葛胜仲、周紫芝,乃改师小晏氏。至周邦彦而又一变。徽宗崇宁政和间,改定新乐。以周邦彦、晁端礼、万俟雅言、徐伸等预其事,周氏固大家,当与晁氏等别论之。徽宗皇帝亦能词,故其时作者颇多。《乐府雅词》所录三十一家,若欧阳修、张

第四章 论慢词兴于北宋

先、王安石、晁补之、贺铸、毛滂、舒亶、赵令畤、晁冲之九家不数外，凡李元膺、苏庠、谢逸、周邦彦、晁端礼、曹组、陈克、李祁、李甲、沈会宗、陈瓘、王安中、向子諲、徐俯、赵君举字子发，《词人姓氏录》不载。向子諲〔西江月〕词自注曰：呈子发、元长、去非三学士，则自是同时人。《词综》列作南宋末人，非。魏夫人十六家，皆徽宗时人也。又若叶梦得、曾纡、陈与义、吕本中、朱敦儒、李清照六家，亦徽宗时人。而诸家系之南宋者，是犹向子諲之《酒边词》，于政和宣和间所作，则曰"江北旧词"，于绍兴间所作则曰"江南新词"。而以〔阮郎归〕一词见忤于秦桧，故以属南宋。不知向氏之名，屡见于蔡伸《友古词》中，所当从其始也。《雅词拾遗》所录诸家，亦多同时人，往往无可考。若沈唐则见诸李清照《词论》，而传其〔霜叶飞〕词。俞紫芝则见诸吴曾《能改斋漫录》，曰金华人。有题张公诩青溪图〔临江仙〕词，而传其〔诉衷情〕词。何籀，靖康末尽节名臣也，而传其〔虞美人〕词。宋齐愈，则其人可诛也，而传其〔眼儿媚〕词。其所去取，虽不及《花庵词选》之精，固出于诸选之上也。盖北宋慢词，始于聂冠卿之〔多丽〕词，至宣和而特盛。何籀有〔宴清都〕词，廖世美有〔烛影摇红〕词，查荎有〔透碧霄〕词，均见《雅词拾遗》。沈公述有〔望海潮〕词，鲁逸仲有〔南浦〕词，李玉《阳春白雪》作潘元质。有〔金缕曲〕词，均见《花庵词选》。潘元质有〔花心动〕词，田不伐有〔江神子慢〕词，沈会宗有〔倾杯〕词，均见《阳春白雪》。其生平不详，其词则脍炙人口。即谢克家小词，亦与鹿虔扆"金锁重门"

同为不可无一之作也。

　　依依宫柳拂宫墙,楼殿无人春昼长。燕子归来依旧忙。忆君王,月照黄昏人断肠。

右谢克家〔忆君王〕词。按《鼠璞》曰:此送车驾北行作。词意悲凉,读之使人坠泪,真忧君忧国语也。

《宋六十一家词选》例言曰:"北宋大家,每从空际盘旋,故无椎凿之迹。竹坡以下,渐于字句求工,而昔贤疏宕之致微矣。此亦南北宋之关键也。"知言哉。

第五章　论南宋词人之多

汇刻南宋人词,于毛氏本得三十八家:

叶梦得《石林词》

陈与义《无住词》

张元幹《芦川词》

韩玉《东浦词》从《提要》列此。

侯寘《嬾窟词》

杨无咎《逃禅词》《图绘宝鉴》作扬,当从改。

曾觌《海野词》

辛弃疾《稼轩词》

黄公度《知稼翁词》

葛立方《归愚词》

张孝祥《于湖词》

周必大《近体乐府》

王千秋《审斋词》

赵彦端《介庵词》

程垓《洺水词》

刘克庄《后村别调》

沈端节《克斋词》从《提要》列此。

姜夔《白石词》

杨炎正《西樵语业》原作杨炎，从杨万里《诚斋诗话》、厉鹗《宋诗纪事》改。

陆游《放翁词》

陈亮《龙川词》

刘过《龙洲词》

毛并《樵隐词》

卢祖皋《蒲江词》

洪咨夔《平斋词》

卢炳《哄堂词》原作烘堂，从《书录解题》改。

黄机《竹斋诗馀》

高观国《竹屋痴语》

史达祖《梅溪词》

李昂《文溪词》原作李公昂，从《文溪集》及《花庵词选》改。《宋史》附《黄雍传》，亦作李昂英。

戴复古《石屏词》

洪璨《空同词》

张榘《芸窗词》

方千里《和清真词》

黄昇《散花庵词》

吴文英《梦窗词》

蒋捷《竹山词》

石孝友《金谷遗音》

第五章 论南宋词人之多

刘祁《归潜志》曰：韩玉字温甫，燕人，以翰林为凤翔府判官。《词综》从之作金人。叶绍翁《四朝闻见录》曰：韩玉，北方之豪，绍兴初，挈家而南，授江淮都督府计议军事。《四库提要》从之作宋人，并历引在南诸题以为证，分析颇详，故从之。

王氏本得三十四家。若辛弃疾《稼轩词》、姜夔《白石词》、陈亮《龙川词》、史达祖《梅溪词》，已见毛刻不复数外，凡三十二家：

赵鼎《得全词》
李光《庄简词》
李纲《梁溪词》
胡铨《澹庵词》
李弥逊《筠溪词》
邓肃《栟榈词》
朱敦儒《樵歌》
朱雍《梅歌》
倪称《绮川词》
高登《东溪词》
曹冠《燕喜词》
丘崈《文定公词》
姜特立《梅山词》
赵磻《老拙庵词》

袁去华《宣卿词》
李处全《晦庵词》
管鉴《养拙堂词》
王炎《双溪诗馀》
陈人杰《龟峰词》
许棐《梅屋诗馀》
方岳《秋崖词》
张炎《山中白云词》
王沂孙《花外词》
李好古《碎锦词》
何梦桂《潜斋词》
赵必𤩽《觱篥词》
欧良《抚掌词》
无名氏《章华词》
李清照《漱玉词》
朱淑真《断肠词》

《词人姓氏录》惟李好古不载。案《阳春白雪》卷七曰：字仲敏，《词综》从其白题本曰：乡贡免解进士，其仕籍不详。陶梁《续词综》曰"字敏仲"，则误也。又谓欧良有《抚掌词》一卷。刘克庄《后村文集》亦谓良南城人，官司户。王刻据劳氏校本作后学欧扃编，是编者为良，非良所作矣。《章华词》据汲古景宋钞本，原佚首八叶，故作者无考。〔清平乐〕一首，首句作"风不定"，明敚一字，王刻不加囗，亦疏也。

朱氏本得六十一家，若陈与义《无住词》、朱敦儒《樵歌》、辛弃疾《稼轩词》、刘过《龙洲词》、周必大《平园近体乐府》、姜夔《白石道人歌曲》、赵彦端《介庵琴趣外篇》、卢祖皋《蒲江词稿》、刘克庄《后村长短句》、吴文英《梦窗词集》、蒋捷《竹山词》、张炎《山中白云》，已见他刻不复数外，凡四十九家：

  张纲《华阳长短句》
  王灼《颐堂词》
  米友仁《阳春集》
  刘一止《苕溪乐章》
  曹勋《松隐乐府》
  洪皓《鄱阳词》
  张抡《莲社词》
  刘子翚《屏山词》
  仲并《浮山诗馀》
  李流谦《澹斋词》
  曾协《云庄词》
  范成大《石湖词》
  陈三聘《和石湖词》
  张辑东《泽绮语债》
  韩元吉《南涧诗馀》
  王之望《汉滨诗馀》

洪适《盘洲乐章》
史浩《鄮峰真隐大曲》
杨冠卿《客亭乐府》
李洪《芸庵诗馀》
赵善括《应斋词》
程大昌《文简文词》
王质《雪山词》
杨万里《诚斋乐府》
京镗《松坡词》
吕胜己《渭川居士词》
李石《方舟词》
张镃《南湖诗馀》附张枢词
汪莘《方壶诗馀》
韩淲《涧泉诗馀》
汪晫《康范诗馀》
王以宁《王周士词》
吴泳《鹤林词》
张继先《虚靖真君词》
夏元鼎《蓬莱鼓吹》
郭应祥《笑笑词》
王迈《臞轩诗馀》
徐鹿卿《徐清正公词》
刘学箕《方是闲居士词》
赵孟坚《彝斋诗馀》

葛长庚《玉蟾先生诗馀》
柴望《秋堂诗馀》
陈著《本堂词》
陈允平《日湖渔唱》
汪元量《水云词》
周密《蘋洲渔笛谱》
吴存《乐庵诗馀》
刘辰翁《须溪词》

《词人姓氏录》若米友仁《阳春集》、李流谦《澹斋词》、曾协《云庄词》、杨冠卿《客亭乐府》、赵善括《应斋词》、王质《雪山词》、吴泳《鹤林词》、夏元鼎《蓬莱鼓吹》、徐鹿卿《徐清正公词》、刘学箕《方是闲居士词》、陈著《本堂词》、吴存《乐庵诗馀》均不载。《词综》所录者亦惟杨冠卿、徐鹿卿、刘学箕、陈著四家。余若吴氏辑本张抡《清江渔谱》一卷，何氏钞本陈允平《西麓继周集》一卷，各附于本词后，尤所罕见也。

江氏本凡七家：

朱熹《晦庵词》
吴儆《竹洲词》
赵以夫《虚斋乐府》
杨泽民《和清真词》
林正大《风雅遗音》

姚勉《雪坡词》
文天祥《文山乐府》

元凤林书院《草堂诗馀》以文天祥、刘辰翁诸家列作元人。按刘氏入元以不仕终，当列作宋人。若文氏更不能列作元人也。

吴氏本得十二家。若张元幹《芦川词》、辛弃疾《稼轩词》、张孝祥《于湖词》、陆游《渭南词》、刘克庄《后村诗馀》、戴复古《石屏词》、许棐《梅屋诗馀》、赵以夫《虚斋乐府》、方岳《秋崖乐府》、蒋捷《竹山词》已见他刻不复数外，凡二家：

魏了翁《鹤山长短句》
李曾伯《可斋词》

《词人姓氏录》惟李曾伯不载，案周庆云《两浙词人小传》曰："曾伯字长孺，覃怀人，历官观文殿大学士。"本集《仲宣楼记》曰："淳祐十年继贾似道为荆湖制置使，盖理宗时人也。"

黄昇《中兴以来绝妙词选》十卷，始于康与之，终于洪瑹，并己作为八十九家。周密《绝妙好词选》七卷，始于张孝祥，终于仇远，并己作为一百三十二家，皆以南宋人专录南宋人词。非若黄大舆《梅苑》十卷、曾慥《乐府雅词》三卷补遗一卷、陈景沂《全芳备祖》五十卷、无名氏《类编草堂诗余》四卷、赵闻礼《阳春白雪》八卷之不限于南北也。陈耀文《花草粹编》二十二卷、杨慎《词林万选》四卷则瞠乎后矣。《四库提要》以为周氏所选，去取之严，犹在黄氏之上。又宋人词集，今多不传，并作者姓名亦不尽见于世，零玑碎玉，皆赖此以存。南宋词选中最为善本，其首以张孝祥者，以不附和议也。惟卷二录蔡松年词，卷七录仇远词。蔡氏仕金为右丞相，仇氏入元为溧阳州学正，则与专录南宋人词之例不合。或者仇之出山，已为周氏不及见欤？若录蔡氏，又何以自解焉？查为仁、厉鹗有合笺本，采摭诸书，各详其里居出处。或因词而考证其本事，或因人而附载其佚闻，以及诸家之评论与其人之名篇秀句不见于此编者，咸备录之。其疏通证明之功，亦有不可泯者矣。余集、徐楙据周氏《浩然斋雅谈》《志雅堂杂钞》《癸辛杂识》《武林旧事》《齐东野语》《弁阳客谈》《澄怀录》《云烟过眼录》数书，各补词一卷，如骖之靳，可附以传也。

南宋词较北宋而多者，其时代为差近。又词为当时所盛行，作者多自制曲为后世法。高宗皇帝亦能词，有〔舞杨花〕词，亦自制曲也。又作〔渔歌子〕词凡十五章。

　　水涵微影淡虚明，小笠轻蓑未要晴。明镜里，縠纹生。白鹭飞来空外声。

右高宗皇帝〔渔歌子〕词之一。案廖莹《中江行杂录》曰："光尧〔渔歌子〕十五章，备骚雅之体，虽老于江湖者不而又提倡群工，不遗余力。故见张抡词即命以知阁门事，见康与之词即官以郎中，见俞国宝词即予以释褐。上有好者，下必有甚也者矣。词人之多，所以迄于亡而不已也。析言之，其宗室亦能词，赵彦端即其一也。

休相忆，明日远如今日。楼外绿烟村幂幂，花飞如许急。　　柳岸晚来船集，波底夕阳红湿。送尽去云成独立，酒醒愁又入。

右赵彦端〔谒金门〕词。案沈雄《续古今词话》曰："德庄《西湖词》，孝宗极赏其'波底夕阳红湿'句，曰：'我家里人，也会作此等语。'"

若赵汝愚则词以人重矣。

水月光中，烟霞影里。涌出楼台，空外笙歌。人间笑语，身在蓬莱。　　天香暗逐风回，正十里荷花尽开。买个轻舟，山南游遍，山北归来。

右赵汝愚〔柳梢青〕诗。按沈雄《宋名家词》评曰："此忠定公题丰乐楼词。公谪后，朱晦庵注楚词以哀之，惜宗臣之去也。"

盖自赵鼎《得全词》以迄赵闻礼《钓月词》，作者不下百十家。赵闻礼且以《阳春白雪》著矣。彼作微子之归者，犹不在数尔。其勋戚亦能词,吴琚以"喜雪"〔水龙吟〕词、"观潮"〔百字令〕词,两受金帛之赐。琚为宪圣太后之侄,又以书家名者也。

岸柳可藏鸦,路转溪斜,忘机鸥鹭立汀沙。咫尺钟山迷望眼,一半云遮。　临水整乌纱,两鬓苍华。故乡心事在天涯,几日不来春便老,开尽桃花。

右吴琚"游青溪呈马野亭"〔浪淘沙〕词。案景定《建康志》引马氏跋曰:"秦淮海擅词而字未闻;米宝晋善诗,然终不及字。若公可谓兼之矣。"野亭名之纯。

杨缵为宁宗杨后兄次山之孙,度宗杨淑妃之父也。自号紫霞翁,尤知音。周密作"西湖十景"〔木兰花慢〕词,尝就之订律,故其佳词颇多,不独《武林旧事》所称之除夕一词也。

疏疏宿雨酿寒轻,帘幕静垂清晓。宝鸭微温瑞烟少。檐声不动,春禽对语,梦怯频惊觉。欹珀枕,倚银床,半窗花影明东照。　惆怅夜来风,生怕娇香混瑶草。披衣便起,小径回廊,处处都行到。正千红万紫竞芳妍,又还是年时被花恼。驀忽地,省得而今双鬓老。

右杨缵〔被花恼〕词。按《词律》曰:此紫霞翁自制曲。山谷《水仙诗》有"坐对真成被花恼"之句,故取以为名。

其作词五要，则《词源》备采之矣。宰执亦能词。南宋一代，自宗臣执政外，其身正揆席者，以左相李纲始，右相文天祥终。李氏有《梁溪词》，文氏有《文山乐府》，皆世所共知者。余则周必大为左相，有《平园近体乐府》。

秋夜乘槎，客星容到天孙渚。眼宁微注，待许牵牛渡。　　见了还非，重理霓裳舞。谁无误，几年一遇，莫讶周郎顾。

右周必大〔点绛唇〕词。案周密《齐东野语》曰："公以出使过池阳，太守赵富文招饮，出家姬小琼舞以侑欢。因作此词，禁中亦闻之。异时有以此事中伤者，阜陵亦为一笑。"

京镗为左相，有《松坡居士》词。吴潜为左相，有《履斋诗馀》。吴相能词，在京相之上。其词则汇刻所未收，故表而出之。

池水凝新碧，栏花驻老红，有人独倚画桥东。手把一枝杨柳系春风。　　鹊伴游丝坠，蜂黏落蕊空，秋千庭院小帘栊。多少闲情闲绪雨声中。

右吴潜〔南歌子〕词。按《词品》曰："吴相既为贾似道所陷，南迁岭表，有送李御带祺〔满江红〕词曰：'报国无门空自怨，济时有策从谁吐。'亦自道也。"

若参知以下能词者。陈与义《无住词》、张纲《华阳长短句》诸家，更多不胜数矣。将帅亦能词。辛弃疾《稼轩词》十二卷，南宋所谓自成一家者也。

更能消几番风雨，匆匆春又归去。惜春长怕花开早，何况落红无数。春且住，见说道天涯芳草无归路。愁**从周济本作"愁"**。春不语。算只有殷勤，画檐蛛网，尽日惹飞絮。　　长门事，准拟佳期又误。蛾眉曾有人妒，千金纵买相如赋，脉脉此情谁诉。君莫舞，君不见玉环飞燕皆尘土。闲愁最苦。休去倚危栏，斜阳正在，烟柳断肠处。

右辛弃疾〔摸鱼子〕词。案岳珂《桯史》曰："稼轩以词名，有所作，或数十易稿，累月未竟。其刻意如此。世谓寿皇见此词颇不悦，然终不加罪也。"

丘崈为蜀帅，与辛氏同以知兵名。丘氏有《文定公词》。

鸣鸠乳燕，春在梨花院。重门镇掩，沉沉帘不卷。纱窗红日三竿，睡鸭余香一线，佳眠悄无人唤。　　谩消遣，行云无定，楚雨难凭梦魂断。清明渐近，天涯人正远。尽教闲了秋千，觑着海棠开遍。难禁旧愁新怨。

右丘崈〔扑胡蝶〕词。按《鹤林玉露》曰："辛稼轩有〔永遇乐〕'寄丘宗卿千古江山'一词，集中不载，尤隽壮可喜。二家词派不同，其为工一也。"

辛氏于孝宗乾道间，即知金之必亡，疏请下诏大臣，预修边备，为仓卒应变计。韩侂胄议伐金，询之丘氏，则对曰：兵凶战危，宜申警军实，使吾常有胜势。若衅自彼作，我有辞矣。朱熹亦谓辛稼轩、陈同甫此等人皆可用。同甫名亮，有《龙川词》，亦将才也。甫登第而卒，故未竟其用尔。

东风荡漾轻云缕，时送潇潇雨。水边台榭燕新归，一点香泥湿带落花飞。　海棠糁径铺香绣，依旧成春瘦。黄昏庭院柳啼鸦，记得那人和月折梅花。

右陈亮〔虞美人〕词。案叶适《水心诗话》曰：亮每一词成，辄自叹曰：生平经济之怀，略已陈矣。予所谓微言，多此类也。

武臣亦能词。韩世忠有〔临江仙〕、〔南乡子〕等词。

人有几多般，富贵荣华总是闲。自古英雄都是梦，为官，宝玉妻儿宿业缠。　年事已衰残，须鬓苍苍骨髓干。不道山林多好处，贪欢，只恐痴迷误子贤。

右韩世忠〔南乡子〕词。案《西湖志馀》曰："蕲王生长兵间，未尝知书。晚岁忽若有悟，能作字及小词。信乎非常人也。"

岳飞有〔小重山〕、〔满江红〕等词。

第五章 论南宋词人之多

　　昨夜寒蛩不住鸣,惊回千里梦,已三更。起来独自绕阶行,人悄悄,帘外月胧明。　白首为功名,故山松菊老。阻归程。欲将心事付瑶筝,知音少,弦绝有谁听。

右岳飞〔小重山〕词。按陈郁《藏一话腴》曰:"武穆〔小重山〕词,盖指和议之非也。又作〔满江红〕词,其忠愤可见矣。"

余玠有《樵隐词》,则未见传本也。

　　怪新来瘦损。对镜台,霜华零乱鬓影。胸中恨谁省,正关山寂寞,暮天风景。貂裘渐冷,听梧桐声敲露井。可无人为向楼头,试问塞鸿音信。　争忍,勾将愁绪,半掩金铺,雨欺灯晕。家僮困卧,呼不应,自高枕。待催他天际,银蟾飞上,唤取嫦娥细问。要乾坤表里光辉,照人醉饮。

右余玠〔瑞鹤仙〕词。案《宋史》本传曰:"玠少无行,尝杀人,脱身走襄淮。以词谒制置使,渐知名。后为蜀帅,有惠政。所著有《樵隐词》,今不传。"

大儒亦能词。朱熹晦庵词不必论,真德秀不以词名。

　　雨岸月桥花半吐。红透肌香,暗把游人误。尽道武陵溪上路,不知迷入江南去。　先自冰霜真态度。

> 何事枝头，点点胭脂污。莫是东君嫌淡素，问花花又娇无语。

右真德秀"咏红梅"〔蝶恋花〕词。案《宋名家词》评曰："作大学衍义人，又有此等词笔，朱晦庵不能专美于前矣。"

魏了翁有《鹤山长短句》，则见诸汇刻者。

> 东窗五老峰前月，南窗九垒坡前雪。推出侍郎山，著君窗户间。　离骚乡里住，却记庚寅度。把取芷兰芳，酌君千岁觞。

右魏了翁"寿江倅"〔菩萨蛮〕词。案《词品》曰："鹤山词不作艳语，所作如'寿江倅'词，宋代寿词无过之者。"

佞幸亦能词。曾觌有《海野词》，史浩则兼工大曲矣。

> 桃脸红匀，梨腮粉薄。鸳径无尘，凤阁凌虚。龙池澄碧，芳意鳞鳞。　清时酒圣花神，看内苑风光又新。一部仙韶，九重鸾仗，天上长春。

右曾觌应制〔柳梢青〕词。案乾淳《起居注》曰："乾道三年春，车驾奉太上至后苑看花。曾觌进〔柳梢青〕词，重赐之。"

第五章 论南宋词人之多

布衣亦能词。杨无咎有《逃禅词》，刘过有《龙洲词》，汪莘有《方壶诗馀》，汪晫有《康范诗馀》，黄昇有《散花庵词》。此其尤著者。

玉带猩袍，望翠华。马去犹龙。拥千官鳞集，貂蝉争出。貔貅不断，万骑云从。细柳营开，团花袍窄，人指汾阳郭令公。山西将，算韬铃有种，五世元戎。　旌旗蔽满寒空，鱼阵整从容虎帐中。想刀明似雪，纵横脱鞘。箭飞如雨，霹雳鸣弓。威撼边城，气吞胡虏，惨淡尘沙吹北风。中兴事，看君王神武，驾驭英雄。

右刘过〔沁园春〕词。按张世南《游宦纪闻》曰："刘改之为辛稼轩帅府客，尤好作〔沁园春〕词。寿皇锐意亲征，大阅禁旅，军容肃甚。郭某为殿岩，从驾还内。都人初见一时之盛，改之作此词以献。郭遗之数十万钱。"

方外亦能词。北宋方外词，以仲殊《宝月集》为一无蔬笋气。南宋则张继先有《虚靖真君词》，夏元鼎有《蓬莱鼓吹》，葛长庚有《玉蟾先生诗馀》，皆裒然成集者。若左誉之出家。

楼上黄昏杏花寒，新月小栏干。一双燕子，两行征雁，画角声残。　绮窗人在东风里，洒泪对春闲。也应似旧，盈盈秋水，淡淡春山。

右左誉〔眼儿媚〕词。案《词综》引王仲言曰:"与言策名后。眷乐籍女张秋,赠以此词。秋后委身于立勋大将家,易姓章。疏封大国,与言忽有悟,即拂衣东渡为浮屠。"

刘澜之还俗,则不复道及也。

玉钗分向金华后,回头路迷仙苑。落翠惊风,流红逐水,谁信人间重见。花深半面,尚歌得新词,柳家三变。绿叶阴阴,可怜不似那时看。　刘郎今度更老,雅怀都不到。书带题扇,花信风高。苕溪月冷,明日云帆天远。尘绿较短,怪一梦轻回。酒阑歌散,别鹤惊心,感时花泪溅。

右刘澜"吴兴郡宴遇旧人"〔齐天乐〕词。按方回《瀛奎律髓》曰:"澜初为道士,还俗。学唐诗有所悟。干谒无成而卒。"

闺媛亦能词。孙道绚笔力尤高,以不幸而早寡。

悠悠扬扬,做尽轻模样。半夜潇潇窗外响,多在梅梢竹上。　朱楼向晓帘开,六花片片飞来。无奈熏炉烟雾,腾腾扶上金钗。

右孙道绚"咏雪"〔清平乐〕词。案《词苑丛谈》曰:"孙夫人'春闺'〔南乡子〕、'咏雪'〔清平乐〕二词,可与李易安颉颃。"

朱淑贞则遇人不淑矣。造物忌才，于闺阁而加酷。悲夫！

寒食不多时，几日东风恶。无绪倦寻芳，闲却秋千索。　瘦减翠裙交，病怯罗衣薄。不忍卷帘看，寂寞梨花落。

右朱淑真〔生查子〕词。案《本集纪略》曰"淑真为文公侄女"，《历代词人姓氏录》则曰"与魏夫人为词友"，魏夫人则丞相曾布妻，司农少卿曾纡母也。时代不合，未详孰是。

妓妾亦能词，美奴有〔卜算子〕词。

送我出东门，乍别长安道。两岸垂杨锁暮烟，正是秋光老。　一曲古阳关，莫惜金尊倒。君向潇湘我向秦，鱼雁何时到。

右美奴〔卜算子〕词。按《苕溪渔隐丛话》曰："美奴陆敦礼侍儿，善小词，每乞韵于座客，顷刻成章。敦礼令掌文翰。"

蜀妓有〔鹊桥仙〕词。

说盟说誓，说情说意，动便春愁满纸。多应念得脱空经，是那个先生教底。　不茶不饭，不言不语，一味供他憔悴。相思已是不曾闲,又那得工夫咒你。

　　右蜀妓〔鹊桥仙〕词。按《齐东野语》曰:"陆放翁客自蜀挟一妓归,蓄之别室。率数日一往偶以病少疏,妓颇疑之。客作词自解,妓即韵以答。或谤翁挟蜀尼以归,即此也。"又按以白话入词,始于柳永。继之者若黄庭坚〔鼓笛令〕、秦观〔品令〕、石孝友〔惜多娇〕,并用俗字,可谓恶词。所谓北宋每有无谓之词以应歌者也。惟此词及严蕊〔卜算子〕词,蜀妓〔市桥柳〕词,出之妇女口中,反在学士文人上矣。
　　仙鬼亦能词。乩仙之词多可诵者。

　　睹娇红绉捻。是西子当日留心千叶,西都竞栽接。好园林台榭,何妨日涉。轻罗慢褶,费多少阳和调燮。向晓来露浥芳苞,一点醉红潮颊。　　双压,姚黄国艳。魏紫天香,倚风羞怯。云鬟试插,偏引动,狂蜂蝶。况东君开宴,赏心乐事,莫惜献酬频叠。看相将红药翻阶,尚余媵妾。

　　右紫姑"咏一捻红牡丹"〔瑞鹤仙〕词。按洪迈《夷坚志》曰:"周权令西安,每邀紫姑卜休咎,仙善属文。因求作'一捻红牡丹'〔瑞鹤仙〕词,以'捻'字为韵,欲以困之。亦不思而就。"
　　鬼词若故宋理宗宫人卫芳华一词,亦作手也。

第五章 论南宋词人之多

　　记前朝旧事，曾此地会神仙。向月地云阶，重携翠袖，来拾花钿。繁华总随流水，叹一场春梦杳难圆。废港芙蓉滴露，断堤杨柳摇烟。　　两峰南北只依然，辇路草芊芊。恨别馆离宫，埋消凤盖，波没龙船。平生玉屏金屋，对漆灯无焰夜如年。落日牛羊冢上，西风燕雀林边。

右卫芳华〔木兰花慢〕词。案《乐府纪闻》曰："仁宗延祐初，永嘉滕穆寓临安聚景园。月夜遇一丽人，自言姓氏。邀共饮，自歌此词以侑觞。相随者三年，忽云缘尽而别。"
　　其出处无考者，总不外乎此矣。惟掖庭无词，若杨娃宁宗杨后女弟，所谓杨妹子也。有〔诉衷情〕词，王清惠有〔满江红〕词，《东园友闻》曰张琼英作。金德淑有〔望江南〕词，则未必无人也，或者秘而不宣欤。

　　春睡起，积雪满燕山。万里长城横缟带，六街灯火已阑珊。人立玉楼间。

右金德淑〔望江南〕词。按《乐府纪闻》曰："李章丘至元都，闻邻妇夜泣，访之则宋宫人也。因自举此词，遂委身焉。"
　　《词苑丛谈》谓李全子有〔水龙吟〕词，是贼寇亦能词。故词之宗宋，犹诗之宗唐。然而贺寿恶词，贤者不免，亦风雅之衰也。

第六章　论宋七大家词

唐人善诗而不作诗话,宋人善词而不作词话。此亦善《易》者不言《易》也,不知善言词者亦莫如宋人。李清照一妇人耳,其论词曰:

自郑卫声炽,流靡烦变。有〔菩萨蛮〕、〔春光好〕、〔莎鸡子〕、〔更漏子〕、〔浣溪沙〕、〔梦江南〕、〔渔父〕等词。五代时,江南李氏独尚文雅。若"小楼吹彻玉笙寒"及"吹皱一池春水",句语虽奇,亦亡国之音也。柳永变旧声作新声,虽协音律,而词语尘下。张先、宋祁、沈唐、《碧鸡漫志》曰字公述,韩魏公客,《乐府雅词拾遗》录其〔霜叶飞〕词。元绛、《宋史》本传曰:有集百卷,今不传。《历代诗餘》录其〔映山红慢〕词。晁端礼辈,时有妙语,而失之破碎。晏殊、欧阳修、苏轼则皆句读不葺之诗耳。又往往不协音律。盖诗文分平仄,而歌词分五音,又分六律,又分清浊轻重。〔声声慢〕、〔雨中花〕、〔喜迁莺〕,既押平声,又押入声。〔玉楼春〕平声,又押上去声,又押入声。其本押仄韵者,如上声协,押入声则不可通矣。王安石、曾巩,文章似西汉,而其词令人绝倒,不可读

第六章　论宋七大家词

也。乃知词别是一家，知之者少。晏幾道、贺铸、秦观、黄庭坚出，始能知之。而晏苦无铺叙，贺苦少典重，秦专主情致而少故实，黄尚故实而多疵病，皆良玉之有瑕者也。节录《苕溪渔隐丛话》。

陆游《老学庵笔记》谓其讥弹前辈，既中其病，此但知其一也。至谓词别是一家，此非深于词者决不能为此说。然而惟我独尊，意在言外。"露花倒影柳三变，夜桂飘香张九成"之对句，亦见《老学庵笔记》其为惟口也同。再嫁之疑，玉壶之衅。李心传《建炎以来系年要录》、赵彦卫《云麓漫钞》，复曲信传闻，肆为诬谤。不有俞正燮《癸巳类稿·易安事辑》之作，且蒙垢于九泉矣。幽栖朱淑真自号幽栖居士。元夜之嫌，冲虚孙道绚自号冲虚居士。回禄之惨，亦同此可慨也夫。

寻寻觅觅，冷冷清清，凄凄惨惨戚戚。乍暖还寒，时候最难将息。三杯两盏淡酒，怎敌他晚来风急。雁过也，正伤心却是，旧时相识。　　满地黄花堆积，憔悴损如今，有谁堪摘。守着窗儿，独自怎生得黑。梧桐更兼细雨，到黄昏点点滴滴。这次第，怎一个愁字了得。

右李清照〔声声慢〕词。按张端义《贵耳集》曰："一起真乃公孙大娘舞剑手。自来词家未有连下十四叠字者，后半'点点滴滴'，又用叠字，俱无斧凿痕。'守着窗儿，独自怎生得黑'，'黑'字不许第二人押。妇人中有此奇笔，真间气也。"

盖其生于北宋之季,没于南宋之初。同时诸家,若片玉大声,或所未见。过神其说,而未得其平。究之宋人之词,与唐诗相等。荆璞隋珠,俯拾即是。其成名家者多,其成大家者少耳。专言宋词者,叶申芗有《天籁轩词选》六卷,冯煦有《宋六十一家词选》十二卷,冯氏据毛本以定去取,叶氏则去洪璟两家,益以宋祁以下二十七家,各私所见,而无所发明。若周济选宋词,则以周邦彦、辛弃疾、王沂孙、吴文英为四大家,而以晏殊以下四十七家,分列之以附庸于四大家之下。戈载选宋词,以周邦彦、姜夔、史达祖、吴文英、周密、王沂孙、张炎为七大家,而其余不及焉。周选所论,私见尤多。大都取法于张惠言《茗柯词选》,独以吴文英为大家,与张选不合。辛氏固为大家,故周必大《近体乐府》、刘克庄《后村别调》、程珌《洺水词》、陈亮《龙川词》、刘过《龙洲词》、杨炎正《西樵语业》、黄机《竹斋诗馀》、洪咨夔《平斋词》、蒋捷《竹山词》、陈经国《龟峰词》十家,均得其一体。周选既抑苏氏,又以姜夔一家附庸于辛氏,过矣。戈选持论颇公,且不及他家,故示人以不广,其论词多可法。其校律尤精,偶有不协者,虽佳词亦不入选。周密《西湖十景》词只登其六首,则其严可知。至所谓七大家者,又古今不易之说,可从也。若其人其事有可相证者,则连类而及之,斯论世之意尔。

周邦彦,字美成,钱唐人。神宗元丰初献《汴都赋》,除太学正,历进徽猷阁待制。能自制曲。徽宗崇宁四年七月,

第六章 论宋七大家词

改定新乐，赐名大晟乐。九月，置大晟府，召为大晟乐正。《宋史·文苑》本传言提举府事，《词苑丛谈》言为大晟乐正。案《宋史·乐志》曰：以宣和殿大学士蔡攸提举大晟府事，设大司乐一、典乐二、大乐令一、协律郎四，又有制撰官，而无乐正，或即大司乐也。以晁端礼为协律郎，万俟雅言、田为等为制撰官，时旧曲存者几千数，太宗朝所制者三百九十曲，余则列朝所增。见《乐志》。相与讨论古音，审定古调。又复增演慢曲引近，或移宫换羽，为三犯、四犯之曲，按月律为之。其曲遂繁，不独其平仄宜遵也，即上去入亦不容相混。方千里、杨泽民和之，或合刻为《三英集》。其四声皆同，可见其深于律矣。

秋阴时作渐向暝，变一庭凄冷。伫听寒声，云空无雁影。　更深人去寂静，但照壁孤灯相映。酒已都醒，如何消夜永。

右周邦彦〔关河令〕词。按《词源》曰："周氏词浑厚和雅，善于融化诗句。"

其慢词之工，则知者多矣，故不录。而以〔望江南〕一词为蔡京所罪，见周密《浩然斋雅谈》。若晁端礼则以蔡京而进者也。

浅山眉映横波面，面波横映眉山浅。云鬟插花新，新花插鬟云。　断魂离思远，远思离魂断。门掩未黄昏，昏黄未掩门。

右晁端礼回文〔菩萨蛮〕词。按《能改斋漫录》曰:"大晟乐府成,晁氏以蔡京荐。赴阙下进词称旨,充大晟协律。"

《古今词话》以为京见晁冲之"咏梅"〔汉宫春〕词,因以大晟府丞用之,则以叔而诬其侄矣。若万俟雅言亦精于律者也。

见梨花初带夜月,海棠半含朝雨。内苑春不禁过青门,御沟涨潜通南浦。东风静细柳垂金缕,望凤阙非烟非雾。好时代朝野多欢,遍九陌太平箫鼓。　乍莺儿百啭断续,燕子飞来飞去。近缘水台榭映秋千,斗草聚双双游女。饧香更酒冷踏青路,会暗识夭桃朱户。向晚骤宝马雕鞍,醉襟惹乱花飞絮。　正轻寒轻暖漏永,半阴半晴云暮。禁火天已是试新妆,岁华到三分佳处。清明看汉蜡传宫炬,散翠烟飞入槐府。敛兵卫阊阖门开,住传宣又还休务。

右万俟雅言〔三台〕词,依律分三叠。按《古今词话》曰:"万俟氏自号词隐,其清明应制一词尤佳。"即指此也。

田为,字不伐。《花庵词选》亦言其工于乐府,有声于时者。

梦怕愁时断,春从醉里回。凄凉怀抱向谁开,些子清明时候被莺催。　柳外都成絮,栏边半是苔。多情帘燕独徘徊，依旧满身花雨又归来。

右田为〔南歌子〕词。按《碧鸡漫志》曰："制撰官凡七，田不伐亦供职大乐。众谓得人云。"

政和初，罢大晟府并于太常，徐伸以知音律为太常典乐。亦如袁绹之解〔六丑〕焉。

闷来弹鹊，又搅碎一帘花影。谩试著春衫，还思纤手，熏彻金虬烬冷。动是愁端如何向，但得怪新来多病。嗟旧日沈腰，今番潘鬓，怎堪临镜。　　重省，别时泪滴，罗襟犹凝。想为我厌厌，日高慵起，长托春醒未醒。雁足不来，马蹄离驻，门掩一庭芳景。空伫立尽日阑干倚遍，昼长人静。

右徐伸〔二郎神〕词。按王明清《挥麈余话》曰："此怀所宠而作。李孝寿牧吴门，闻此词，知所宠在辖下兵官家，为索还之。"

蔡絛《铁围山丛谈》谓毛滂尝献一词于其父京，极伟丽，骤得擢用，而不予其选。或时有先后欤。周选于数家悉置之。而附以晏殊父子、韩缜、欧阳修、张先、柳永、秦观、贺铸、韩元吉九家。别附毛氏于王沂孙之下，斯不可解者已。

姜夔，字尧章，自号白石，又号石帚，鄱阳人。能诗词，尤善自制曲。每率意为长短句，然后协以律，无不谐者。宁宗庆元中，上书乞正雅乐，讫不第。与范成大游，为制〔暗香〕、〔疏影〕二词。小红者,范之青衣也。有色艺,即以为赠。其词为南渡一人,论定久矣。

　　古帘空,坠月皎,坐久西窗人悄。蛩吟苦渐漏水丁丁,箭壶催晓。　引凉飔,动翠葆露,脚斜飞云表。因嗟念似去国情怀,暮帆烟草。　带眼销磨,为近日愁多顿老。卫娘何在,宋玉归来,两地暗萦绕。摇落江枫早,嫩约无凭,幽梦又杳。但盈盈泪洒单衣,今夕何夕恨未了。

右姜夔自制越调〔秋宵吟〕词。依律作双拽头,按《茗柯词选》曰:"〔暗香〕二词,痛二圣之不还也。〔秋宵吟〕词,写在廷之昏瞀如见也。"

野云孤飞,去留无迹。宜乎范氏引之以为同调也。

　　栖乌飞绝,绛河绿雾星明灭。烧香曳簟眠清樾。花影吹笙,满地淡黄月。　好风碎竹声如雪,昭华三弄临风咽。鬓丝撩乱纶巾折。凉满北窗,休共软红说。

右范成大〔醉落魄〕词。按本集曰:"公为赵鼎所器,而秦桧颇衔之,故每以词见意。此词吹笙或作吹帘非。'凉满'二句,亦谓北廷之事,在朝者无可与言也。"

朱彝尊论词,亦以姜氏为正宗。而以张辑、卢祖皋、史达祖、吴文英、蒋捷、周密、王沂孙、张炎八家为之羽翼。辑为姜氏及门,其词皆倚旧腔而别立新名,则好奇之过尔。

花半湿，睡起一窗晴色。千里江南空咫尺，醉中归梦直。　前度兰舟送客，双鲤沉沉消息。楼外垂杨如许碧，问春来几日。

右张辑〔垂杨碧〕词。按《词品》曰："张氏好奇。"《草堂》录其〔疏帘淡月〕词，即〔桂枝香〕。余尤爱其〔垂杨碧〕词，即〔谒金门〕也。

周选不录张氏，乌得因其师而并绝其弟哉？

史达祖，字邦卿，号梅溪，汴人。叶绍翁《四朝闻见录》谓韩侂胄当国，专倚省吏史达祖奉行文字，拟旨拟帖，俱出其手。侍从柬札，至用申呈。韩败遂黥焉，其人不足道。姜夔最称其词为奇秀清逸，盖能融情景于一家，会句意于两得者。

做冷欺花，将烟困柳，千里偷催春暮。尽日冥迷，愁里欲飞还住。惊粉重蝶宿西园，喜泥润燕归南浦。最妨他佳约风流，钿车不到杜陵路。　沉沉江上望极，还被春潮晚急，难寻官渡。隐约遥峰，和泪谢娘眉妩。临断岸新绿生时，是落红带愁流处。记当初门掩梨花，剪灯深夜语。

右史达祖"咏春雨"〔绮罗香〕词。按孙麟趾《词径》曰："四字偶句须凝炼，'做冷'二句最妙。"

与高观国齐名，时称"高史"，皆以精实胜，史氏则较为超逸也。

　　楚宫间，金成屋，玉为栏。断云梦容易惊残。骊歌几叠，至今愁思怯阳关。清音恨阻，抱哀筝知为谁弹。　　年华晚，月华冷。霜华重，鬓华斑，也须念闲损雕鞍。斜缄小字，锦江三十六鳞寒。此情天阔，正梅信笛里关山。

右马观国〔金人捧露盘〕词。按陈造本集序曰："竹屋、梅溪词，要是不经人道语，其妙处少游、美成不及也。"

至其"咏怀"〔满江红〕词曰"怜牛后，怀鸡肋"，又曰"一钱不值贫相逼"，言之可伤，以视贾似道之于廖莹中，差可未灭已。

　　恨个侬无赖，卖娇眼春心偷掷。莎软芳堤，苔平苍径，却印下几弓纤迹。花不知名，香才闻气。似月下箜篌，蒋山倾国。半解罗襟，蕙熏微度。镇宿纷栖香双蝶，语态眠情，感多时轻留细阅。休问望宋墙高，窥韩路隔。　　寻寻觅觅，又暮雨遥峰凝碧。花径横烟，竹扉映月。尽一刻千金堪值。卸袜熏笼，藏灯衣桁。任里臂金斜，搔头玉滑。更怪檀郎，恶怜深惜。几颤鞾周旋倾侧，碾玉香旬。甚无端凤珠微脱。多少怕听晓钟，琼钗暗擘。

右廖莹中〔个侬〕词。按潘永固《宋稗类钞补》曰："贾似道当国，筑多宝阁，以门客廖莹中司之，《福华编》亦其所作也。及贾败，籍没诏下。莹中悉自碎其所庋珍玩，而后自杀。"

周选谓史氏词好用"偷"字，品便不高。其持论无乃太苛欤？

吴文英，字君特，号梦窗，四明人。少从姜夔游，亦能自制曲。尝谓音律欲其协，否则长短句耳；下字欲其雅，否则缠令体耳。《四库提要》谓其天分不及周邦彦，而研炼胜之。词家之有吴氏，犹诗家之有李商隐也。集中所与宴游者，多一时贵人，而其始末不可考。意者文酒风流，为东阁之上客。而名不登仕版，亦姜氏之伦与？

  流水麹尘，艳阳酷酒，画舸游情如雾。笑拈芳草不知名，乍凌波断桥西堍。垂杨漫舞，总不解将春系住。燕归来，问彩绳纤手，如今何许。　欢盟误，一箭流光，又趁寒食去。不堪衰鬓著飞花，傍绿阴冷烟深树。玄都秀句，记前度刘郎曾赋。最伤心，一片孤山细雨。

右吴文英自制〔西子妆〕词。按本集曰："〔西子妆〕、〔江南春〕、〔梦芙蓉〕、〔古香慢〕、〔霜花腴〕、〔澡兰香〕、〔玉京谣〕、〔探芳新〕、〔高山流水〕凡自制九曲，各注宫调名，惟旁谱不传耳。"

张惠言于词不取吴氏，周选则称其立意高，取径远，非他家所及。故列为一家，而以陈允平、周密诸家附之。

银屏梦觉，渐浅黄嫩绿。一声莺小，细雨轻尘，建章初闭东风悄。依然千树长安道，翠云锁玉窗深窈。断肠人空倚斜阳，带旧愁多少。　　还是清明过了，任烟缕露条。碧纤青裛，恨隔天涯，几回惆怅苏堤晓。飞花满地谁为扫，甚薄幸随波缥缈。纵啼鹃不唤春归，人自老。

右陈允平〔垂杨〕词。按《词源》曰："词欲雅而正，一为物所役，则夫其雅正之言。"陈氏词，平正之中颇有佳者。惟过嗜饾饤，不免于晦。蒋捷《竹山词》亦专以雕琢胜者。

　　一片春愁带酒浇，江上舟摇，楼上帘招。秋娘容与泰娘娇。风又飘飘。雨又潇潇。　　何日云帆卸浦桥，银字筝调，心字香烧。流光容易把人抛。红了樱桃，绿了芭蕉。

右蒋捷〔一剪梅〕词。按毛晋本集跋曰："竹山词有世说之靡、六朝之渝，虽二主、二晏、美成，不过也。"
此别于唐五代北宋人之外，自成一派者也。然而吴氏不可尚已。

周密，字公谨，号草窗，又号弁阳啸翁，济南人。以理宗绍定五年生，宝祐间为义乌县令。宋亡，与王沂孙、王易简、冯应瑞、唐艺孙、吕同老、李彭老、陈别本作"练"，非，详见陈旅《安雅堂集》。恕可、唐珏、赵汝钠、李居仁、张炎、仇远等结为词社。有《乐府补题》一卷。以元武宗至大元年卒。其词与吴文英合称为"二窗词"云。

老来欢意少。锦鲸仙去，紫箫声杳。怕展金奁，依旧故人怀抱。犹想乌丝醉墨，惊俊语香红围绕。闲自笑，与君共是，承平年少。　雨窗短梦难凭，是几度宫商，几番吟啸。泪眼东风，回首四桥烟草。载酒倦游处，已换却花间啼鸟。春恨悄，天涯暮云残照。"载酒"句作五字句，当是又一体。

右周密"题梦窗词卷"〔玉漏迟〕词。按《宋名家词评》曰："此词视寄梦窗〔拜星月慢〕词，调梦窗〔玲珑四犯〕词，更觉缠绵深至，可泣可歌。"交谊之笃，亦可见矣。二少字，一叶上，一叶去，非重韵。

李莱老有《秋崖词》，彭老之弟也。亦与周氏善，而词社无之。

绿窗初晓，枕上闻啼鸟。不恨王孙归不早，只恨天涯芳草。　锦书红泪千行，一春无限思量。折得垂杨寄与，丝丝都是愁肠。

右李莱老〔清平乐〕词。按《新安续志》曰："严州知州李莱老，字周隐，咸淳六年任。于兄筼房词号龟溪二隐，以兄字商隐也。皆与周氏游。"其赠答词颇多，惟用韵稍杂耳。

周氏最著者为《绝妙好词选》七卷，亦黄昇《绝妙词选》意也。

> 粉香吹暖透单衣，金泥双凤飞。闲来花下立多时，春风酒醒迟。　桃叶曲，柳枝词，芳心空自知。湘皋月冷佩声微，雁归人不归。

右黄昇〔阮郎归〕词。按胡德方本集序曰："黄玉林早弃制科，雅意吟咏。阁学游受斋称其词如晴空冰柱，闽帅楼秋房以泉石清士目之。"

周选谓周氏词，镂冰刻楮，精巧绝伦。但立意不高，取韵不远，是犹以寻常词人目之，未察其性情之地尔。

王沂孙，字圣与，号碧山，又号中仙，会稽人。延祐《四明志》曰"至元中，官庆元路学正"，与《乐府补题》宋遗民之说不合。周密赠以〔踏莎行〕词，有"清平梦远沉香北"句，张炎悼以〔洞仙歌〕词，有"门自掩，柳发离离如此"句，似生平未尝一出也。

> 一襟余恨宫魂断，年年翠阴庭宇。乍咽凉柯，还移暗叶，重把离愁深诉。西窗过雨，怪瑶佩流空，玉筝调柱。镜掩妆残，为谁娇鬟尚如许？　铜仙铅泪似洗，叹移盘去远，难贮零露。病翼惊秋，枯形阅世，消得斜阳几度？余音更苦，甚独抱清高，顿成凄楚。慢想熏风，

柳丝千万缕。

右王沂孙"咏蝉"〔齐天乐〕词。按王鹏运本集跋引端木采曰:"'宫魂'字点出命意。'乍咽'三句,慨播迁也。'西窗'三句,伤敌骑暂退,燕安如故也。'镜掩'二句,残破满眼,而侧媚依然也。'铜仙'三句,宗器迁攸,泽不下究也。'病翼'三句,言海岛栖流,断不能久也。'余音'三句,遗臣孤愤,哀怨难论也。'慢想'二句,责诸臣到此,尚安危利灾,视若全盛也。"

张惠言谓其咏物词,并有君国之忧。周选谓其托意既高,隶事亦妙,惟唐珏可与并论。《乐府补题》所录同社各家词,远不能及也。

淡妆人更婵娟,晚奁天净洗铅华腻。冷冷月色,萧萧风度,娇红欲避。太液池空,霓裳舞倦,不堪重记。叹冰魂犹在,翠舆难驻,玉簪为谁轻坠。 别有凌空一叶,泛清寒素波千里。珠房泪湿,明珰恨远,旧游梦里。羽扇生秋,琼楼不夜,尚遗仙意。奈香云易散,绡衣半脱,露凉如水。

右唐珏"咏白莲"〔水龙吟〕词。按谢翱《唏发集》曰:"唐玉潜瘗诸陵遗骨,树以冬青,人莫不多其义也。世又谓事出于林景熙,或二人同谋,未可知耳。"

必曰王氏恬淡是真,姜、张皆伪。又以史氏、张氏附之,则吾斯之未能信已。

张炎,字叔夏,号玉田,又号乐笑翁,西秦人。循王俊六世孙。一作五世孙,误。从王父镃,字功甫,有《玉照堂词》。从父桂,字惟月,有《惭槁》。父枢,字斗南,有《寄闲集》。枢尤精于律,尝作〔瑞鹤仙〕词,有"粉蝶儿扑定"句,"扑"字不协,易"守"字乃协。又作〔惜花春起早〕词,有"琐窗深"句,"深"字不协,易"幽"字仍不协,易"明"字乃协。可见其难矣。炎生于淳祐戊申,能世其学。宋亡,年已三十三,犹及见临安全盛之日,故所作往往苍凉激楚,即景抒情,备写其身世盛衰之感,不徒以裁红刻翠为工焉。

波暖绿粼粼,燕飞来、好是苏堤才晓。没浪痕圆,流红去,翻唤东风难扫。荒桥断浦,柳阴撑出扁舟小。回首池塘青欲遍,绝似梦中芳草。 和云流出空山,甚年年、净洗花香不了。新绿乍生时,孤村路犹忆那回曾到。余情渺渺,茂林觞咏如今悄。前度刘郎从去后,溪上碧桃多少。

右张炎"咏春水"〔南浦〕词。按邓牧《伯牙琴》曰:"此词绝唱古今,人以张春水目之。"

盖当时贵介多有能词者,以鄂王孙岳珂为最早。

芙蓉清夜游,杨柳黄昏约。小院碧苔深,润透双鸳薄。 暖玉惯春娇,簌簌花钿落。缺月故窥人,影转栏干角。

右岳珂〔生查子〕词。按《宋史》本传曰：公所著有《玉楮集》《愧郯录》《读史备忘》《东陲事略》《桯史》《吁天辨诬录》《金陀粹编》行于世。其《登北固亭》〔祝英台〕一词尤为人所称。

次则和王孙杨伯岩，即周密之外舅也。亦以能词名。

梅观初花，蕙庭残叶，当时惯听山阴雪。东风吹梦到清都，今年雪比前年别。　　重酿宫醪，双钩官帖，伴翁一笑成三绝。夜深何用对青藜，窗前一片蓬莱月。

右杨伯岩"雪中高疏寮借阁帖，更以薇露送之"〔踏莎行〕词。按《绝妙好词笺》曰：字彦瞻，以工部郎出守衢州。著有《六帖补》二十卷，《九经补韵》一卷。

若蕲王孙韩铸，尝学词于张氏，则其词不传矣。张氏家世能词，亦犹周邦彦之有子辉，从子玉晨也。至翁元龙与吴文英为亲伯仲，作词各有所长。此不足以竞爽尔。

以上北宋一家，南宋六家。即本戈氏之说，旁采诸说，复以臆说证之。两宋词人，每以奸人为进退，周、晁二氏之于蔡京无论矣，秦桧见朱敦儒之〔樵歌〕，命教其子熺，而官以列卿。见曹冠之〔燕喜〕词，命教其孙埙，而登之上第，似乎其爱才也。未几而胡铨以《词编》管南海矣，张元幹以词坐罪除名矣。不独向子䜱、王庭珪、洪皓、黄公度之以词见忤也。桧死，汤思退继之，亦与张浚主战不合。张孝祥出入于二氏之门，亦心非和议，故其"过洞庭"〔百字令〕词曰"悠然心会，妙处难与君说"，则謷言之尔。韩侂胄得政，首以内批罢焕章阁待制兼侍读朱熹，以致正言不闻，群小迭进。最不幸者为陆游。游早有文名，为秦桧所嫉。桧死始出，复为韩氏作《南园记》。《四朝闻见录》谓韩氏喜其附己，出所爱四夫人号满头花者索词，有"飞上锦裀红皱"之句，今《放翁词》不载。不知宋金世仇，无怨不报。《鹤林玉露》谓记中惟勉以忠献之事业，一无腴词，与辛氏赞开边之用意同。金人且以忠于为国，谬于为身许韩氏，而他人可知矣。函首之送，何不为国家计也。史弥远之易储也，钱唐人陈起字宗之。业书肆，江湖诗人皆与之善，刻《江湖集》以售。刘克庄《南岳稿》与焉。起有诗曰："秋雨梧桐皇子府，春风杨柳相公桥。"论者以为罪，遂劈《江湖集》版。于是下诏禁士大夫作诗，而词人辈出矣。

    满阶红影月昏黄，玉炉催换香。碧窗娇困懒梳妆，粉沾金缕裳。　　鸾髻耸，黛眉长，烛光分两行。许谁骑鹤上维扬，温柔和醉乡。

  右孙惟信〔阮郎归〕词。按《瀛奎律髓》曰：诗禁作，孙花翁之徒皆改业为长短句，而词乃大盛。花翁词善于运意，但雅正中时有一二市井语耳。

  绍定癸巳，弥远死。理宗亲政，禁始解。刘克庄为《访梅》绝句曰:"梦得因桃却左迁,长源为柳忤当权。幸然不识间桃李,也被梅花累十年。"可见其禁锢之方,较伪学而加酷也。贾似道当国,尤好词人。廖莹中能词,以司出纳矣。罗椅能词,以荐登其门矣。翁孟寅能词,则赠以数十万矣。郭应酉能词,则由仁和宰擢官告院矣。张淑芳能词,理宗欲选妃,则匿以为妾矣。八月八日,为其生辰,每岁四方以词为寿者以数千计。复设翘材馆,等其甲乙,首选者必有所酬。吴文英亦与之游,集中有"寿贾相"〔宴清都〕、〔木兰花慢〕二词、"又过贾相湖上旧居"〔水龙吟〕词、"赋贾相西湖小筑"〔金盏子〕词。他家与之为缘而散见集中者,则不一一数。且未闻有以词触怒者,固非贼桧等比也。然而专权窃位,厥罪维均。有宋之亡,会逢其适。木棉之戮,不足以慰在天之灵。无名氏感事一词,即所谓长歌之哀,甚于痛哭者。

> 倚危栏,斜日暮,蓦蓦甚情绪。稚柳娇黄,全未禁风雨。春江万里云涛,扁舟飞渡,那更听塞鸿无数。　叹离阻,有恨流落天涯,谁念泣孤旅。满目风尘,冉冉似飞雾。是何人惹愁来,那人何处,怎知道愁来不去。

右无名氏〔祝英台〕词。按《词综》曰:"'稚柳'谓幼君,'娇黄'谓太后,'扁舟飞渡'谓北军至,'塞鸿'指流民也。'人惹愁来'谓贾出,'那人何处'谓贾去也。"

"又若"半堤花雨"《百字令》一词,其用意同。且同出于德祐太学生，而姓名不著。疑亦柴望、吴大有、范晞文等作也，可与欧阳澈《小重山》诸词并传矣。养士之报，其在斯欤？

朱彝尊谓小令当法汴京以前，慢词则取诸南宋。盖自韩氏禁伪学，史氏禁作诗，金主亮又好唱北曲，时会所逼，而出之以词，字数多而意境狭。与当时国势相同，蒿目中原，谈言微中。辛氏、吴氏易面目不易心肝。周济谓辛氏由北而开南，吴氏由南而追北，是词家转境。冯煦谓周、史二氏奄有众长，不及周者浑耳。噫！词至周氏，观止矣，蔑以加已。

第七章　论辽金人词以汉人为多

契丹文字，与汉不同。东丹王耶律倍之让国于太宗也，载书籍，泛海归后唐，立木刻诗曰："小山压大山，大山全无力。羞见故乡人，从此投外国。"此辽人通汉文之初见于正史者。圣宗能诗，有《传国玺》五言三韵诗，见孔平仲《珩璜新论》。其时萧柳、萧韩家奴通辽汉文字，尤知名。柳曰《岁寒集》，有诗千。韩家奴尝奉命为帝诗友。今皆不传。若刘三嘏、王枢、虞仲文、魏道明、赵良嗣、马扩和等，间有一二诗存者，则为汉人也。《道宗本纪》：帝好为诗赋。清宁六年，监修国史耶律白请编次为《御制集》。世传其一词：

昨日得卿黄菊赋，碎翦金英，题作多情句。冷落西风吹不去，袖中犹有余香度。　沧海尘生秋日暮，玉砌雕阑，木叶鸣疏雨。江总白头心更苦，琴素自写幽兰谱。

右辽道宗〔蝶恋花〕词。案侯延庆《退斋闲雅录》曰："刘拱卫远，宣和初，守祁州。尝接伴北使，有李处能者，北朝故相子，号李状元家，燕人之最以学著者。处能谓远曰：本朝道宗皇帝好文，先人每荷异眷。尝以九日进菊花赋，次日即赐以批答云。"

钱芳标《莼献词话》曰：辽主得其臣所献《黄菊赋》，题其后曰："昨日得卿黄菊赋，碎剪金英作佳句。至今襟袖有余香，冷落西风吹不去。"元人张肯檃括之为〔蝶恋花〕词，则非道宗作矣。若道宗懿德萧皇后〔回心院〕词，则非若〔十香词〕之出于伪托者。

扫深殿，闭久金铺暗。游丝络网尘作堆，积岁青苔厚阶面。扫深殿，待君宴。

拂象床，凭梦借高唐。敲坏半边知妾卧，恰当天处少辉光。拂象床，待君王。

换香枕，一半无云锦。为是秋来展转多，更有双双泪痕渗。换香枕，待君寝。

铺翠被，羞杀鸳央对。犹忆当时叫合欢，而今独覆相思块。铺翠被，待君睡。

装绣帐，金钩未敢上、解却四角夜光珠，不教照见愁模样。装绣帐，待君贶。

叠锦茵，重重空自陈。只愿身当白玉体，不愿伊当薄命人。叠锦茵，待君临。

展瑶席，花笑三韩碧、笑妾新铺玉一床，从来妇欢不终夕。展瑶席，待君息。

剔银灯，须知一样明。偏是君来生彩晕，对妾故作青荧荧。剔银灯，待君行。

爇熏炉，能将孤闷苏。若道妾身多秽贱，自沾御香香彻肤。爇熏炉,待君娱。

张鸣筝,恰恰语娇莺。一从弹作房中曲,常和窗前风雨声。张鸣筝,待君听。

右萧后〔回心院〕词,凡十首。按王鼎《焚椒录》曰:后小字观音。解音律,善书,能诗。以帝荒于游畋,数进谏为帝所疏,遂作〔回心院〕词,冀复临幸。后为宫婢单登书〔十香词〕,耶律乙辛等诬以罪而死。

辽词存者,惟此而已。故备录之,以作文献之征焉。

女真立国,专尚武功。自与宋通和,宋使被留者,以文化开其国元。好问《中州集》录二百四十六人。自完颜璹、耶律履二人外,则为汉人也。郭元钎《全金诗补》补一百十二人。自完颜匡、完颜奉国、术虎邃、乌林达爽、温迪罕某五人外,亦为汉人也。词则《中州乐府》录三十六人,自完颜璹、完颜文卿二人外,则亦为汉人也。

吴激五首	蔡松年十二首
蔡珪一首	高士谈三首
刘著一首	赵可十首
邓千江一首	任询一首
冯子翼一首	李晏四首
刘仲尹十一首	刘迎二首
党怀英五首	王庭筠十二首
王硐一首	赵秉文七首

胥鼎一首　　许古二首

冯延登一首　辛愿一首

李献能三首　王渥一首

李节一首　　景覃三首

高宪四首　　王予可三首

王特起二首　赵摅二首

孟宗献一首　张信甫一首

王玄佐一首　赵元三首

折元礼一首　元德明一首

论金人词，必首及宇文虚中。太宗天会初，以资政殿学士奉宋徽宗命使金，留掌词命。此文臣之初自南来者。

宝幡彩胜堆金缕，双燕钗头舞。人间要识春来处，天际雁，江边树。　故国莺花又谁主，念憔悴几年羁旅。把酒祝东风，吹取人归去。

右宇文虚中〔迎春乐〕词。按《碧鸡漫志》曰："叔通久留金国不得归，于立春日作此词。"

吴激以宰相子，亦被留。时宋、金败盟，徽钦北狩。每有所作，不啻庾信之〔哀江南〕焉。

南朝千古伤心地，犹唱《后庭花》。旧时王谢，堂前燕子，飞向谁家。　恍然一梦，仙肌胜雪，宫鬓堆鸦。江州司马，青衫泪湿，同是天涯。

右吴激〔人月圆〕词。按《归潜志》曰："国初，宇文太学叔通主文盟，吴深州彦高为后进。叔通每呼为小吴，因会饮，见宋宗室之流落者，诸公感叹，各成一词。及彦高此词出，叔通览之大惊。自是人乞词，辄曰当诣彦高也。"

若〔风流子〕、〔春从天上来〕数词，曾曰怀旧而作，啺啺故国，言之可伤。惟全集不传，殊足惜已。蔡松年《明秀集》，与之齐名。《竹坡丛话》谓金九主百一十八年间，独二氏词脍炙艺林，推为"吴蔡体"。有魏道明注本六卷，四印斋得景金残本，刻其前三卷，盖佚其半矣。

秀樾横塘十里香，水花晚色静年芳。胭脂肤瘦熏沉水，翡翠盘高走夜光。　　山黛远，月波长，暮云秋影蘸潇湘。醉魂应逐凌波梦，分付西风此夕凉。

右蔡松年〔鹧鸪天〕词。按王若虚《滹南诗话》曰："蔡氏乐善堂赏荷词'胭脂'词二句，世多称之。此联诚佳，然莲体实肥，不宜言瘦。予友彭子升易以'腻'字，此似差胜。"

黄昇《词选》录吴氏不录蔡氏，周密《词选》录蔡氏不录吴氏。刘祁、王若虚不满于蔡氏，以非吴氏敌也。萧真卿亦谓二氏实皆宋儒，金人词必断自蔡珪始。蔡氏可谓有子矣。

鹊声迎客到庭除，问谁欤，故人车。千里归来尘色半征裾。珍重主人留客意,奴白饭,马青刍。　　东城入眼杏千株,雪模糊,俯平湖。与子花间随分倒金壶。归报东垣诗社友,曾念我醉狂无。

右蔡珪"为王季温自北都归过三河坐中作"〔江城子〕词。按《竹坡丛话》曰:"正甫为金源文派之宗,乃其词仅见一〔江城子〕,附其父《萧闲公集》后,何文人之词阙如也。"

金主亮既得国,《鹤林玉露》谓其见柳永〔望海潮〕词,至"三秋桂子,十里荷花"句,遂南下以伐宋,其"立马吴山"一诗,人尽知之矣。《夷坚志》曰:"建康归正官,尝有能诵其小词者。"

停杯不举,停歌不发,等候银蟾出海。不知何处片云来,做许大通天障碍。　　蚍鬐捻断,星眸睁裂,惟恨剑锋不快。一挥挥断紫云腰,子细看嫦娥仪态。

右金主亮《待月》〔鹊桥仙〕词。按沈德符《万历野获编》曰:"读此词其凶焰可见。"

史亦言其残酷无人理,《中州壬集·贾公谦小传》述贾氏之言曰:世宗大定间,能暴海陵蛰恶者得美仕。史官修实录,诬其淫毒狠鸷,遗臭无穷。自今观之,百可一信耶。噫!是犹论其词者。率有相駴于《待月》一词,不问其别作也。

昨日樵村渔浦,今日琼川银渚。山色卷帘看,老峰恋。　锦帐美人贪睡，不觉天孙剪水。惊问是杨花，是芦花。

右金主亮《咏雪》〔昭君怨〕词。按严有翼《艺苑雌黄》曰："金主亮《咏雪词》，则诡而有致矣。"

盖其心折华风，以文为倡。自宇文虚中被杀，连及高士谈，字子文，宋忻州户曹参军，入金著有为翰林直学士，《蒙城集元录》录其词三首。降臣无复至者。且宋金之际，非一战无以平两国之争。必先为之驱除，而后大定明昌，文物埒于中国。故曰纣之不善，不若是之甚焉。虽然，拓跋南迁，极盛即渐衰之兆。蔡州颅骨，宋亦得假手于人矣。天道循环，可不畏哉。其所用，若刘著则降臣也。

雪照山城玉指寒，一声羌笛怨楼间。江南几度梅花发，人在天涯鬓已斑。　星点点，月团团，倒流河汉入杯盘。翰林风月三千首，寄与吴姬忍泪看。

右刘著〔鹧鸪天〕词。按本传曰："著字鹏南，皖城人。宣政间进士，入金历仕州县。年六十余，始召为翰林修撰，终于忻州刺史。自号玉照老人。"

李晏则旧臣也。

断肠人去春将半，归客倦花飞。小窗寒梦觉，谁与画双眉。

右李晏〔回文菩萨蛮〕词。按《词律拾遗》曰：调见《中州乐府》，本四十四字。此只一叠。尚有王庭筠三首、孟宗献一首，亦作回文体，非脱误也。惟曰此只一叠，不知何所据。

王寂、蔡珪、赵可等，则其所得士也，皆词人也。

抬转炉熏自换香，锦衾收拾却遮藏。二年尘暗小鸳央。　落木萧萧风似雨，疏棂皎皎月如霜。此时此夜最凄凉。

右赵可〔浣溪沙〕词，按《归潜志》曰：蔡丞相伯坚尝奉使高丽，高丽故事，上国使来，馆中有侍妓。蔡相为赋〔石州慢〕词，有曰"仙衣卷尽霓裳，方见宫腰纤弱"，为人疵议。赵内翰献之亦有〔望海潮〕词曰"人间自有飞琼"，恐亦非立言之体也。

元德明亦与蔡松年、高士谈等游，独累举不第。或者不于其身必于其子孙欤？

世宗崇孝弟，重农桑；慎守令之选，严廉察之责；与宋通和，称叔侄之国；时号小尧舜，固曰贤君也。亦能词。

但能了净，万法因缘何足问。日月无为，十二时中更勿疑。　常须自在，识取从来无挂碍。佛佛心心，佛若休心也是尘。

右金世宗〔减字木兰花〕词。按《法苑春秋》曰:"世宗耽禅悦,时玄悟等禅师道行极高,故作此词以赐之。"

玄悟玉禅师遂依体作词以献,斯仲殊祖可之流已。

　　无为无作,认著无为还是缚。照用同时,电卷星流已太迟。　　非心非佛,唤作非心犹是佛。入境俱空,万像森严一境中。

右释悟它〔减字木兰花〕词。按《法苑春秋》曰,世宗尝以手心书"非心非佛"四字以示禅师,故词中及之。

世宗既殂,章宗以嫡孙嗣立。时韩侂胄方用事于宋,大举伐金,为金所败。复议和,乃正礼乐,修刑法,定官制,休养生消,迄于小康。论者谓大定明昌,为文化极盛时代。金源灵秀,发泄无余,盖世宗创之于先,而章宗成之于后也。章宗亦能词。

　　几股湘江龙骨瘦,巧样翻腾,叠作湘波皱。金缕小钿花草斗,翠条更结同心扣。　　玉殿珠帘闲永昼,一握清风,暂喜怀中透。忽听传宣须急奏,轻轻褪入香罗袖。

右金章宗《咏聚扇》〔蝶恋花〕词。按《词苑》曰:章宗喜文学,善书画。闻宋徽宗以苏合油烟为墨,命购得之。墨一两价黄玩金一斤,尝有《咏聚扇》及《软金杯》二词,见《归潜志》。

完颜璹《如庵小集》曰：帝听朝之暇，即与李宸妃登梳妆台，评品书画，临玩景物，得句辄自书之。妃有《梳妆台乐府》，不传于世，亦闺襜间气所钟也。若"日边"之句。帝尝命对曰："两人土上坐。"妃应声曰："一月日边明。"见本传。灵心慧舌，可见一斑。妃兄李喜儿亦有宠。即董师中所斥为小人在侧者，以致蒙古浡兴，祸至无日矣。元录于金主亮、世宗、章宗词悉遗之，与赵录不登唐昭宗、后唐庄宗词之例同。此固不必为尊者讳也。

世、章二朝，词人之最著者为党怀英。党氏少与辛弃疾师事蔡松年，为其所识拔。筮仕决以蓍，辛氏得离遂归。以稼轩词著于宋，党氏得坎遂留。以《竹溪词》著于金。

红莎绿篛春风饼，趁梅驿来云岭。紫桂岩空琼窦冷。无端却恨，等闲分破，缥缈双鸾影。　一瓯月露心魂醒，更送清歌助清兴。痛饮休辞今夕永。与君洗尽，满襟烦暑，别作高寒境。

右党怀英《咏茶》〔青玉案〕词。按《词品》曰：蔡伯坚〔尉迟杯〕词："喜银屏小语，私分麝月，春心一点。"麝月茶名，麝言香，月言圆也。党氏亦有茶词。金人制茶之精如此，风味亦何减宋人。此词可谓形容极致矣。

刘仲尹《龙山集》次之。

万叠春山一寸心，章台西去柳阴阴。蓝桥特为好花寻。　　别后鱼封烟涨阔，梦回鸾翼海云深。情知顿著有如今。

右刘仲尹〔浣溪沙〕词。按《词统》曰：刘致君《龙山词》，盖参涪翁而得法者。《草堂》中与刘迎词并入选，皆金源词人也。

刘迎《山林长语》又次之。

离恨远牵杨柳，梦魂长绕梨花。青衫记得章台月，归路玉鞭斜。　　翠镜啼痕印袖，红墙醉墨笼纱。相逢不尽平生事，春思入琵琶。

右刘迎〔乌夜啼〕词。按《词律》曰：此调始于南唐后主。以五字起句，为四十七字体。宋人词以五字起句者曰〔圣无忧〕，以六字起句者曰〔锦堂春〕。此犹承其旧也。

王庭筠《黄华山人词》又其次之。

夜凉清露滴梧桐，庭树又西风。熏笼旧香犹在，晓帐暖笑容。　　云淡薄，月朦胧，小帘栊。江湖残梦，半在南楼，画角声中。

右王庭筠〔诉衷情〕词。按李之纯《屏山故人外传》曰：子端世家子。风流酝藉，冠冕一时，又折节下士，如恐不及，故人人恨相见之晚也。居相下黄华山，因以自号云。

赵秉文《滏水集》出，而明昌词人于此终局矣。

  风雨替花愁，风雨罢花也应休。劝君莫惜花前醉，今年花谢，明年花谢，白了人头。　乘兴两三瓯，拣溪山好里追游。但教有酒身无事，有花也好，无花也好，选甚春秋。

右赵秉文〔青杏儿〕词。按《元儒考略》曰：赵周臣尝取党承旨同时诸家诗词刻以传，曰《明昌词人雅制》，世多称之。

女真能文者，独完颜璹一人。有非完颜文卿所可并论者。

  一百八般佛事，二十四考中书。山林朝市等区区，著甚来由自苦。　过寺谈些般若，逢花倒个葫芦。少时伶俐老来愚，万事安于所遇。

右完颜璹〔西江月〕词。按《金史论略》曰：密国公为世宗孙，越王永功子，自号樗轩居士。章宗禁诸王不得与外人交，乃穷日力于书。其小词若〔临江仙〕、〔青玉案〕可歌也。若陈参政当亦为并时人，《词综》以列于宋人者误也。

  北归人未老，喜依旧著南冠。正雪暗滹沱，云迷芒砀，梦落邯郸。乡心日行万里，幸此身生入玉门关。多少秦烟陇雾，西湖净洗征衫。　燕山望不见吴山，回首一归鞍。慨故宫离黍，故家乔木，那忍重看。钧天紫城何处，问瑶池八骏，几时还。谁在天津桥畔，杜鹃声里阑干。

右陈参政〔木兰花慢〕词。按《志雅堂杂钞》曰："陈石泉南还，北人陈参政作此词送之。"
张中孚亦官参政，《元录》录之而不及陈氏，故其名不传。

　　山河百二，自古关中好。壮岁喜功名，拥征鞍貂裘绣帽。时移世易，萍梗落江湖。听楚语，厌蛮歌，往事知多少。　苍颜白发，故里欣重到。老马省曾行，也频嘶冷烟残照。终南山色，不改旧时青。长安路，一回来，须信一回老。

右张中孚〔蓦山溪〕词。按本传曰：字信甫，安定人。知宁环镇戎三州，摄渭帅，入金为镇洮军节度使，终南京留守。与弟忠彦、季弟某，合刻有《三谷集》。
反不若小刘昂一词，后人犹得而考见其实焉。

　　蚕锋摇，螳背振，旧盟寒。恃洞庭彭蠡狂澜。天兵小试，万蹄一饮楚江干。捷书飞奏，九重殿春满长安。　舜山川，周礼乐，唐日月，汉衣冠。洗五州妖气关山。已平全闽，风行何用一泥丸。有人传喜，日边路都护先还。

右刘昂〔上平南〕词。按《尧山堂外纪》曰：宁宗开禧中，韩侂胄将伐金。金将纥石烈子仁驻兵濠梁，命小刘昂同时刘左司亦名昂，故当时人别之曰"小刘昂"。二人诗皆见《中州集》。作〔上平南〕词，书于廨壁。《齐东野语》以为子仁作者，非。

折元礼《从军词》则见诸《元录》者，而不能审其为何时所作。

地雄河岳，疆分韩晋，潼关高压秦头。山倚断霞，江吞绝壁，野烟萦带沧洲。虎旆拥貔貅，看阵云截岸，霜气横秋。千雉严城，五更残角月如钩。　　西风晓入貂裘，恨儒冠误我，却羡兜鍪。六郡少年，三明《元录》作"三明"，用《汉书》州凉三明事也，《词综》作"三关"误。老将，贺兰烽火新收。天外岳莲楼。挂几行雁字，指引归舟。正好黄金换酒，羯鼓醉《凉州》。

右折元礼〔望海潮〕词。按《本传》曰：字安上，世为麟抚经略使。父定远，居忻，遂占籍焉。明昌五年两科擢第，官延安治中，死于葭州之难。

邓千江词与折氏同工，其人则不可考矣。

云雷天堑，金汤地险，名藩自古皋兰。营错绣屯，山形米聚，襟喉百二秦关。鏖战血犹殷，见阵云冷落，时有雕盘。静塞楼头晓月，依旧玉弓弯。　　看看定远西还。有元戎阃令，上将斋坛。区脱昼空，兜铃夕解，甘泉又报平安。吹笛虎牙闲。且宴陪珠履，歌按云鬟。招取醉魂毅魄，长绕贺兰山。

右邓千江"上兰州守"〔望海潮〕词。按陶宗仪《辍耕录》曰：金人大曲，如吴彦高〔春草碧〕、蔡伯坚〔石州慢〕、邓千江〔望海潮〕，可与苏子瞻〔百字令〕、辛幼安〔摸鱼子〕相颉颃。邓氏《中州乐府》曰临洮人，无传。玩二词，或金人有事于西夏时作也。

元氏于词不录韩玉，以非金人也。于诗录之，明乎其非一人也。明昌以后，王特起首以能词名。

东楼欢宴，记遗簪绮席，题诗纨扇。月枕双敧，雪窗同梦，相伴小花深院。旧欢顿成陈迹，翻作一番新怨。素秋晚，听《阳关三叠》，一尊相饯。　　留恋，情缱绻。红泪洗妆，雨湿梨花面。雁足关河，马头星月，西去一程程远。但愿此心如旧，天也不违人愿。再相见，把生涯分付，药炉经卷。

右王特起"别内"〔喜迁莺〕词。按《尧山堂外纪》曰："此词缠绵凄惋，令人不能为怀。"

高宪则王庭筠之甥也，亦能词。何无忌酷似其舅已。

槐安梦,鼓笛弄,驰骤百年尘一哄。陶渊明,张季鹰,一杯浊酒,焉知身后名。　有溪可渔林可缴,须信在家贫也乐。熊门春,浿江云。几时作个,山间林下人。

右高宪〔梅花引〕词。按《词统》曰:王庭筠好赋〔梅花引〕。宪有舅氏风,亦好赋〔梅花引〕,后改名〔贫也乐〕。《元录》录四首,《城下路》《六国扰》二首,为贺铸词。《词综》亦录之。何不考也。

王予可词,与丘处机《磻溪词》(《双照楼汇刻词》有景金本《磻溪词》)、姬翼知常先生《云山集》亦见《双照楼汇刻词》,曰:字辅之,泽州高平人。其〔蝶恋花〕词曰"恩枷爱锁如山重,锥刺不疼针刺痛",与吕岩、伊用昌词同一口吻也。二家皆知名于金而没世于元者。不同,故曰异人也。

夜色静明河,风好来千里。月殿谪仙人,皓齿清歌起。　前声金罍中,后调银河底。一片岭头云,绕遍楼前水。

右王予可〔生查子〕词。按《词品》曰:"予可于宣宗南迁后,居郾城,或传其仙去者。词之高妙飘逸,固谪仙之流亚也。"

哀宗正大间,高永之上书,冯延登之抗节,皆词以人重矣。

长原迤逦狐麇卧,野色微茫河界破。草承行屦缘云深，花触飞丸红雨妥。　　高亭初试煎茶火，醉玉渐哗春满座。行杯莫厌转筹频，佳节等闲飞鸟过。

右冯延登"宴河中瑞云亭"〔木兰花〕词。按本传曰：子骏使元不屈，金亡，投井死。其节与洪忠宣文信国同。其〔木兰花〕、〔临江仙〕词，亦不减"天涯池馆，雨过霞明"之句也。

金人词见诸汇刻者，于王本得蔡松年《明秀集》一家。朱本得五家：

　　　　王寂　　　《拙轩词》
　　　　段克己　　《遁庵乐府》
　　　　段成己　　《菊轩乐府》
　　　　李俊民　　《庄靖先生乐府》
　　　　元好问　　《遗山乐府》

王寂与蔡珪为天德三年同年进士，余皆金末人，入元为遗民者也。

　　诗句一春浑漫赋，纷纷红紫俱尘土。楼外垂杨千万缕，风落絮，栏干倚遍空无语。　　毕竟春归何处所，树头树底无寻处。惟有闲愁将不去，依旧住，伴人直到黄昏雨。

右段克己〔渔家傲〕词。按《古今词话》曰:"二段幼有才名,赵尚书秉文识诸童时,目曰二妙。入元皆不仕,为儒林标榜。"

段成己入元,召为平阳儒学提举官,不赴。李俊民入元,世祖以安车征,延访无虚日,遽乞还山卒。曰金人者,从其志也。吴昌绶《宋金元词集》见存卷目,以白朴《天籁集》为金人,亦犹厉鹗以元凤林书院本《元草堂诗馀》所录者为宋人,而冠以刘秉忠、许衡二家者,盖别有意焉。伊用昌《元草堂》所录自二家外,凡文天祥以下六十一人。天下同文一卷,录詹玉以下七家。即据《元草堂》十取其一尔。故虽至元大德间所作,亦心乎故国之词。然而金之亡也,白氏甫八岁,兄敬父又出为江西理问,朱彝尊跋以为元人者是也。詹玉一作"正",元翰林学士。以下,《历代诗馀》以为元人者亦是也。鼎革之际,所不忍言。所欠者一死,不能以责五尺之童。元好问以作史自居,《金史》之成,与有力焉。危素亦以作史自居,而为明帝所斥。将奈何?呜呼!我今而知生际太平之为福已。

> 帐韶华婉转,无计流连。行乐地,一凄然。笙歌寒食后,桃李恶风前。联环玉,回文锦,两缠绵。　芳尘未远,幽意谁传。千古恨,再生缘。闲衾香易冷,孤枕梦难圆。西窗雨,南楼月,夜如年。

右元好问〔三奠子〕词。按沈雄《词辨》曰:〔三奠子〕,唐宋未有是曲。传是奠酒、奠谷、奠璧也。〔奠璧子〕见崔令钦《教坊记》。《元遗山乐府》有〔三奠子〕词二首，王恽《秋涧词》亦有之。

元氏谓宇文太学、丞相父子、党承旨、王内翰、赵尚书诸家词。大旨不出苏、黄之外，以其直于宋而伤浅，质于元而少情也。其独许吴氏，见诸言外。《词源》谓元氏词深于用事精于练句，风流蕴藉，不减周、秦。故论金人词者，前则曰吴氏，后则曰元氏。其余诸家，则录以备考尔。叶梦得《避暑录话》曰"西夏归朝官言，有井水饮处即能歌柳永词"，是西夏必有能词者。戎马之蹂躏，殃及文章，图籍不收，曾刀笔吏之不若焉。然则《元录》之功，不与赵录同一不朽哉？

第八章　论元人词至张翥而衰

有元开国，强于辽金。白雁渡江，南北一统。武功聿奏，文化以宣。所谓词人者，其先为辽金所遗，其后出于有宋。耶律楚材、耶律铸等，则辽人也；杨果、李冶等，则金人也；张弘范以下，则以宋人为尤多。迄乎顺帝出奔，求其蒙古人词者。自拜住英宗至治初为右丞相，追封东平王，谥忠献。外曾不再见，余则萨都拉、本答失蛮氏，世镇云代，遂为雁门人。孟昉本西域人寓北平皆以安所居而为汉人矣。贯小云石海涯、阿鲁威、不忽麻、阿里耀卿、奥敦周卿、渚察善长、孛罗御史等，则能曲而不能词。可见文采风华，莫如中国。辽金割据不能得同化之归。而况八十八年中，十等之分，儒列第九。词曲取士之法，取曲而不取词，所以元曲之名，与宋词而并盛。《词律》次〔后庭花〕、〔干荷叶〕、〔平湖乐〕、〔天净沙〕等于北曲。以《词综》所录为非，谓其声响不侔焉，是也。汇刻元人词，于王氏本得九家：

　　刘秉忠《藏春乐府》
　　张弘范《淮阳乐府》
　　刘因《樵庵词》

陆文圭《墙东诗馀》
詹玉《天游词》
吴澄《草庐词》
白朴《天籁集》
李孝光《五峰词》
邵亨贞《蚁术词选》

《词人姓氏录》惟陆文圭不载。按本集曰：江阴人。度宗咸淳初以春秋中乡选，宋亡不出。尝为《词源》作跋，与危复之见《元草堂》。之不屈同，皆当作宋人也。于朱氏本得三十二家：

许衡《鲁斋词》
王义山《稼村乐府》
赵文《青山诗馀》
王弈《玉斗山人词》
刘洗《桂隐诗馀》
刘埙《水云村诗馀》
黎廷瑞《芳洲诗馀》
仇远《无弦琴谱》
王旭《兰轩词》
王恽《秋涧乐府》
姚燧《牧庵词》
邱处机《磻溪词》

李道纯《清庵先生词》

陈深宁《极斋乐府》

曹伯启《汉泉乐府》

周权《此山先生乐府》

刘将孙《养吾斋诗馀》

蒲道源《顺斋乐府》

吴景奎《药房词》

李齐贤《益斋长短句》

洪希文《去华山人词》

虞集《道园乐府》

许有壬《圭塘乐府》

耶律铸《双溪醉隐词》

李庭《寓庵词》

宋褧《燕石近体乐府》

袁士元《书林词》

张雨《贞居词》

张翥《蜕岩词》

舒頔《贞素斋诗馀》

舒逊《可庵诗馀》

韩奕《韩山人词》

《词人姓氏录》以王奕为宋人，于刘埙、黎廷瑞、王旭、李道纯、周权、吴景奎、李齐贤、耶律铸、李庭、袁士元十家均不载。王奕《玉斗山人词》、王旭《兰轩词》、吴景奎

《药房词》、耶律铸《双溪醉隐词》、李庭《寓庵词》、袁士元《书林词》，皆出于传钞本，尤不经见也。于江氏本得五家：

赵孟頫《松雪斋词》
程文海《雪楼乐府》
萨都拉《雁门词》
张埜《古山乐府》
倪瓒《云林词》

《词人姓氏录》程文海作程钜夫，以避武宗讳，故以字行也。于吴氏本得八家，若程钜夫《雪楼乐府》、赵孟頫《松雪斋词》、王恽《秋涧先生乐府》、丘处机《磻溪词》、周权《此山先生乐府》、刘因《静修先生乐府》、虞集《道园乐府》，已见他刻不复数外，凡一家：

姬翼《知常先生云山集》

姬翼，《词人姓氏录》亦不载，可见汇刻之功矣。康熙己巳，无锡侯文灿刻《南唐二主词》、冯延巳《阳春集》、北宋张先《子野词》、贺铸《东山词》、葛郯《信斋词》、南宋吴儆《竹洲词》、赵以夫《虚斋乐府》、元赵孟頫《松雪斋词》、萨都拉《天锡词》、张埜《古山乐府》凡十家，各一卷，曰《名家词》。见阮元进呈书目，金武祥《粟香斋丛书》亦收之。以所据本不善，有误收者，有未全者。惟其功不可没也，故附识于此。《元草堂》首录刘秉忠词，以其生为元人，初非来自异国也。《藏春乐府》一卷，不作僧家语。散淡远，一若无志于功名者，所以为姚广孝之先觉焉。

平山憔悴锁寒云，站路上最伤神。破帽鬖沾尘，更谁是阳关故人。　颓波世道，浮云交态，一日一番新。无地觅松筠，看青草红芳斗春。

右刘秉忠〔太常引〕词。按《词品》，刘氏尝自制〔干荷叶曲〕以吊南宋。既助元亡宋矣，而其词又凄恻如此，岂其中亦有不得已者耶。此词本集不载，《词律》以为北曲也。次录许衡词。以初未食禄也，必咎其出仕为非，则过已。

河上徘徊，未分袂孤怀先怯。中年后此般憔悴，怎禁离别。泪苦滴成襟畔湿，愁多拥就心头结。倚东风搔首漫无聊，情难说。　黄卷里，消白日。青镜里，增华发。念岁寒交友，故山烟月。虚道人生归去好，谁知美事难双得。计从今佳会几何时，长相忆。

右许衡"别大名观旧"〔满江红〕词。按沈雄《续古今词话》曰：此被召时作也。又尝自言曰："生平为虚名所累，不能辞官。"其心亦可哀矣。

《历代诗馀》以所录文天祥、邓剡、刘辰翁、王梦应度宗咸淳间进士，官庐陵尉。恭宗德祐末，起兵勤王，以义烈著。四家为宋人。若杨果、杜善夫、曹通甫、高信卿、谢醉庵，原注曰

"中原",则为金人。司马昂夫,原注曰"大行畏吾儿",则为色目人,不得曰"宋遗民"也。惟所录诸家,其人多不可考耳。

  沉屑微熏睡鸭金,朱弦还解解芳心。盈盈桃李未春深。 天上鸾胶须著意,人间凤曲有知音。莫教风雨绿成阴。

右谢醉庵〔浣溪沙〕词。按原注曰:"赠琴娃作。"醉庵名不传。

李冶及杨果同自中原来,皆元好问之友也。《元录》悉遗之,以其不得为金人也。《元草堂》录杨氏不录李氏,或者王士禛所谓钞不求备欤。

  花信紧,二十四番愁。风雨五更头。侵阶苔藓回罗袜,逗衣梅润试香篝。绿窗闲,人梦觉,鸟声幽。 按银筝学弄相思调,写银笺恨杀知音少。向何处,说风流。一丝杨柳千丝恨,二分春色二分休。落花时,流水里,雨悠悠。

右司马昂夫〔最高楼〕词。按原注曰:"暮春作。"昂夫字九皋。顺帝时,色目人孟昉官监察御史,能词,以外则未闻。

自宋入元者当作元人。《历代诗馀》以张林、宋池州守,降于元。范晞文、宋太学生,以劾贾似道窜琼州,入元官长兴丞。赵与仁宗燕王德昭十一世孙，入元官辰州教授。为宋人。《词综》亦从之，则为周密《词选》所误矣。

  冰箔纱窗小院清，晴尘不动地花平。昨宵风雨，凉到木樨屏。　香月照妆秋粉薄，水云飞佩藕丝轻。好天良夜，闲理玉靴笙。

右赵与仁〔琴调相思引〕词。按陆辅之《词旨》曰："学舟词'昨宵风雨，凉到木樨屏'，警句也。"
赵淇先赵孟頫而来，责孟頫而不责淇，则同罪而异罚也。

  吟望直，春在栏干咫尺。山插玉壶花倒立，雪明天霭碧。　晓露丝丝琼滴，虚揭一帘云湿。犹有残梅黄半壁，香随流水急。

右赵淇〔谒金门〕词。按《图绘宝鉴》曰："淇自号静华翁，忠靖六葵次子。宋刑部侍郎。元兵至，兄潜弃家逃，弟淮不屈死。淇入元官湖南宣慰使，天水郡公，谥文惠。"
张弘范刻石厓山曰"张弘范灭宋处"，或增一字曰"宋张弘范灭宋处"，其罪更暴于天下。

  独上高楼，恨随春草连天去。乱山无数，隔断巫阳路。　信托梅花，惆怅人何处。愁无语，野鸦烟树。一点斜阳暮。

第八章 论元人词至张翥而衰

右张弘范〔点绛唇〕词。按《续古今词话》曰："淮阳乐府多作夸大语。其〔临江仙〕有曰：'紫箫明月底，翠袖暮云寒。'风调不减晏小山，可知元之武臣亦有能词者。"

程钜夫有《雪楼乐府》，姚雪文宋咸淳间进士，入元官抚建两路儒学提举。有《江村遗稿》，王义山宋通判瑞安军，入元掌江西学事。有《稼村乐府》，赵文宋南雄府教授，入元官清江儒学教授。有《青山诗馀》，仇远有《无弦琴谱》，蒲道源宋兴元郡学正，入元官国子博士。有《顺斋乐府》。其失节亦同，而罪可未减。

沧岛雪连，绿瀛秋入。暮景却沉洲屿。无浪无风天地白，听得潮生人语，擎空孤柱。翠倚高阁凭虚，中流苍碧迷烟雾。惟见广寒门外，青无重数。　　不知是水是山，不知是树。茫茫知是何处，倩谁问凌波轻步。漫凝伫，乘鸾秦女。想庭曲霓裳正舞，莫须长笛吹愁去。怕唤起鱼龙，三更喷作前山雨。

右仇远"招宝山观月出"〔八犯玉交枝〕《词谱》作〔八宝妆〕词。按《词苑》曰：此词纵横之妙，直似东坡。姚云文及黄子行皆能自制曲，言词者多宗之。

湖光冷浸玻璃，荡一响薰风，小舟如叶。藕花十丈。云梳雾洗，翠娇红怯。壶觞围坐处，正酒酣吹波红映颊。尚记得玉臂生凉，不放汗香轻泱。　　殢人小摘墙榴，为碎掏猩红，细认裾折。旧游如梦，新愁似织，泪珠盈睫。秋娘风味在，怎对得银釭生笑靥。消瘦沈约诗腰，夜来堪捻。

右黄子行〔西湖月〕词。按《词律》曰：此黄蓬瓮自制商调曲也。姚古筠〔玲珑玉〕、〔紫萸香慢〕亦自制曲，而无宫调名。

赵孟𫖯则夫妇、父子俱能词，惜不与其兄赵孟坚《彝斋诗馀》之并为宋人也。女夫王瑊有《踏莎行》词，为杨维桢所赏。瑊子蒙入明官泰安知州，《历代诗馀》列于元人，亦误已。

人生能几浑如梦，梦里奈愁何。别时犹记，眸盈秋水，泪湿春罗。　　绿杨台榭，红梨院宇，重想旧经过。水遥山远，鱼沉雁杳，分外情多。

右赵雍〔人月圆〕词。按《续古今词话》曰：赵承旨与管夫人伉俪相得，倡和甚多。其子仲穆待制有〔水调歌头〕词，备言兴亡骨肉之感。意其父子之仕，亦有不得已者。

詹玉以艳词得名，其放浪不羁，为有识者所訾笑。

斜河一道界相思，好秋都上眉。鸾笺象管写心啼，搦愁题作诗。　　添别恨，卜欢期，灯花红几时。看看月上小窗儿，夜香今夜迟。

右詹玉〔阮郎归〕词。按《乐府纪闻》曰：詹天游于杨驸马席上，属意一姬名粉儿者，口占〔浣溪沙〕词曰"不曾真个也消魂"，杨即以为赠。其"送童瓮天兵后归杭"〔齐天乐〕词，作于宋亡之后，而止以游乐为言。宋季士习，一至于此。

滕宾，黄冠也，亦以艳词名。其"赠宋六嫂"〔百字令〕词、"赠歌童阿珍"〔瑞鹧鸪〕词，此法秀所呵也。《元草堂》弃之而之他，《词品》则以为不灭宋人，又极许丘处机"咏梨花"〔百字令〕词。丘氏于词，亦如张辑之好立异名。以〔百字令〕为〔无俗念〕，〔望江南〕为〔望蓬莱〕，与姬翼词同为诗中之邵康节体，皆不足取也尔。此中有人，呼之欲出矣。

短短横墙，矮矮疏窗，一方儿小小池塘。高低叠嶂，曲水边旁。也有些风，有些月，有些香。　　日用家常，竹儿藤床，尽眼前水色山光。客来无酒，清话何妨。但细烘茶，净洗盏，滚烧汤。

右释中峰〔行香子〕词，凡三首。按李日华《六研斋笔记》曰："天目僧中峰为赵文敏方外交。"

尝和冯海粟《梅花》七律一百首，走笔而成。其〔行香子〕词，所谓一一明妙也。

中峰词知之者少。张雨为仇远词弟子，则知之者多也。

盼得春来,春寒春困,陡顿无聊。半剔残釭,片时春梦,过了元宵。　空山暮暮朝朝,到此际无魂可消。却倚东风,水如衣带,草似裙腰。

右张雨〔柳梢青〕词。按《词苑》曰:伯雨蚤游方外,居茅山,与张翥同为仇氏高弟。有"次韵咏梅"〔雪狮儿〕词,颇冷隽。

王恽《秋涧词》,刘因《樵庵词》不入《元草堂》。元人词当始于此。

自从谢病修花史,天意不容闲。今年新授,平章风月,检校云山。　门前报道,曲生来谒,子墨相看。先生正尔,天张翠盖,山拥云鬟。

右刘因〔人月圆〕词。按《词综》曰:"元初诗人以刘因、卢挚为首,二氏皆能词,有名。"

梁曾与陈孚同使安南,陈氏忆母〔太常引〕词,血性语也。梁氏词亦有可称者。

问花花不语,为谁落,为谁开。算春色三分,半随流水,半入尘埃。人生能几欢笑,但相逢尊酒莫相推。千古幕天席地,一春翠绕珠围。　彩云回首暗高台,烟树缈吟怀。判一醉留春,留春不住,醉里春归。西楼半帘斜日,怪衔春燕子却飞来。一枕青楼好梦,又教风雨惊回。

右梁曾〔木兰花慢〕词。按《词品》曰："此西湖送春词，格调俊雅，不让宋人手笔。"

吴澄，理学名臣也。其《送春词》与卢氏词如出一手。

  名园花正好，娇红殢白，百态竞春妆。笑痕添酒晕，丰脸凝脂，谁与试铅霜。诗朋酒伴，趁此日流转风光。尽夜游不妨秉烛，未觉是疏狂。　　茫茫。一年一度，烂漫离披，似长江去浪。但要教啼莺语燕，不怨卢郎。问春道何曾去，任蜂蝶飞过东墙。凭看取，年年潘令河阳。

右吴澄〔渡江云〕词。按《词苑》曰："草庐和揭浩斋《送春词》，流传一时。"

许谦亦能词，宋元学案中人。论词则元盛于宋也。

  杨柳池塘春信早，帘卷东风，犹带余寒峭。暖透博山红雾绕，洞箫扶起歌声杳。　　初试花冠金凤小，鬓乱钗横，长怯旁人笑。银烛未残樽未倒，鸡声漏水频催晓。

右许谦〔蝶恋花〕词。按《元史·儒学传》曰："谦字益之，受业于金履祥。入华山讲学四十年，屡荐不起，卒赐谥文懿。"

关汉卿、马致远、郑德辉、白朴为元曲四大家。鲜于枢、姚燧、冯子振、白无咎、乔吉、张可久、陶宗仪等皆工于曲,故其词亦近于曲。若白朴词曰《天籁集》,曲曰《摭遗》,知词曲之别矣。

霜水明秋,霞天送晚,画出江南江北。满目山围故国。三阁余香,六朝陈迹。有庭花遗谱,弄哀音令人嗟惜。想当时天子无愁,自古佳人难得。　　惆怅龙沉宫井,石上啼痕,犹点胭脂红湿。去去天荒地老,流水无情,落花狼籍。恨青溪留在,渺重城烟波空碧。对西风谁与招魂,梦里行云消息。

右白朴"青溪吊张丽华"〔夺锦标〕词。按《四库提要》曰:"仁甫幼际世乱,父子相失。尝鞠于元好问家,受其指授,尤工于曲。其词亦清隽婉逸,调适韵谐,与玉田相匹。"

《乐府纪闻》引《元人小说》曰:拜住,仁宗延祐中少年平章也。尝以"咏秋千"〔菩萨蛮〕、"咏莺"〔满江红〕二词,乞婚于亊罗氏,世以为佳话。若廉希宪之能文,贯小云石海涯之能曲,萨都拉之能词,余阙之能诗,考其先皆蒙古人也。

去年人在凤皇池,银烛夜弹丝。沉水香消,梨云梦暖,深院绣帘垂。　　今年冷落江南夜,心事有谁知。杨柳风柔,海棠月淡,独自倚栏时。

右萨都拉〔少年游〕词。按《词苑》曰:"天赐此词,笔情绝妙。其〔金陵怀古〕词,尤多感慨。"

《续古今词话》亦引《元人小说》曰:马雍古祖常乐府,纤艳胜人,惜未之见,《元史·马祖常传》曰:世为雍古部。其先在金有官凤翔兵马判官者,以节死,因以马为氏。《词统》亦误为蒙古人。则南人也。元制由金入元者曰南人,由宋者曰汉人。萨氏复以文与虞集、黄溍、揭傒斯齐名,号"元四大家"。虞氏复以诗与杨载、范梈、揭傒斯齐名,亦号"元四大家"。虞氏又能词。

画堂红袖倚清酣,华发不胜簪。几回晓直金銮殿,东风软花里停骖。书诏许传宫烛,轻罗初试朝衫。　御沟冰泮水挼蓝,飞燕语呢喃。重重帘幕寒犹在,凭谁寄银字泥缄。报道先生归也,杏花春雨江南。

右虞集"寄柯敬仲"〔风入松〕词。按《续古今词话》曰:元文宗御奎章阁,伯生为侍从,敬仲为鉴书博士。既归,乃作此寄之。人相传唱,机坊织其词为帨,几如法锦。

一家能词者,若许有壬其弟有孚,及其子桢。亦犹刘辰翁之有弟贵翁,有子将孙也。均见《元草堂》。视虞氏集弟槃。而更盛已。

四隄杨柳接松筠,香破水芝新。罗袜不生尘,笑画里凌波未真。　红衣缥缈,清风萧瑟,半醉脱乌巾。不是葛天民,也做得江湖散人。

右许有壬〔太常引〕词。按陈霆《渚山堂词话》曰：有壬尝得康氏园，出赐金买之，名曰圭塘别墅。偕楚人马熙，及子弟觞咏其中。弟有孚哀诸作为《圭塘欸乃集》。

赵孟頫有《题耕织图十二月》五古诗，欧阳玄有"都城十二月"〔渔家傲〕词，月各一首，亦《荆楚岁时记》也。张翥《蜕岩词》，元人之最著者，慢词不弱于宋人，小词则不及矣。

晚山青，一川云树冥冥。正参差烟凝紫翠，斜阳画出南屏。馆娃归吴台游鹿，铜仙去汉苑飞萤。怀古情多，凭高望极，且将尊酒慰飘冷。自湖上爱梅仙远，鹤梦几时醒。空留得六桥疏柳，孤屿危亭。　待苏堤歌声散尽，更须携妓西泠。藕花淡雨凉翡翠，菰蒲软风弄蜻蜓。澄碧生秋，闹红驻景，采菱新唱最堪听。一片水天无际，渔火两三星。多情月为人留照，未过前汀。

右张翥《西湖泛舟》〔多丽〕词。按《词统》曰：《蜕岩词》有飞鸿戏海、舞鹤游天之妙。

宋元人词至张氏而极盛，周旋曲折，纯任自然。出仇氏之门，故无一语可入北曲。其才力差薄者，则时为之也。言词者必曰词敝于元，而不察其病之所在。张氏没后，元室亦衰。能曲者愈多，而词人愈少。王降而风，可以窥世变焉。若洪希文《去华山人词》，李孝光《五峰词》，袁易《静春堂词》、沈禧《竹窗词》、袁士元《书林词》，名皆出其下。

日日春阴，瑞香亭畔寒成阵。凤靴频误踏青期，寂寞红墙冷。翠被堆床未整，睡初酣风筜唤醒。几多心绪，鹊语难凭，灯花无准。　得酒浇愁，旧愁不去添新病。吴绫题满断肠词，歌罢何人听。宝篆香消昼永，袅余烟萧萧鬓影。出门长啸，白鹭双飞，清江千顷。

右袁易〔烛影摇红〕词。按《词人姓氏录》曰：字通甫，吴人。尝为徽州路石洞书院山长。

张埜善为咏物词，吴镇善为题画词，亦非其敌也。

红叶村西日影余，黄卢滩畔月痕初。轻拨棹，且归欤，挂起渔竿不钓鱼。

右吴镇"题画"〔渔歌子〕词。按张彦远《名画记》曰：仲圭工画。此词之高妙，何减张志和？

倪瓒亦工于画。慕吴氏之为人，取其词意为图以自况焉。知天下将有事，乃尽散其家财，扁舟箬笠，往来湖泖间。有洁癖，其词亦似之。

楼上玉笙吹彻，白露冷飞琼佩玦。黛浅含颦，香残栖梦，子规啼月。　扬州往事荒凉，有多少愁萦思结。燕语空津，鸥盟寒渚，画栏飘雪。

右倪瓒"赠妓小琼英"〔柳梢青〕词。按《词苑》曰：云林词以淡洁胜，此词又何其婉转多风如是。又《词律》，〔柳梢青〕收叶平、入声四十九字二体，《拾遗》补收叶平、入声四十九字二体，此五十字体《词谱》亦不收，应补。

同时顾德辉又名阿瑛，征辟皆不就。好山水，尝与客往来九峰遁浦间，自称金粟道人。张士诚据吴，欲聘之，断发庐墓以自绝焉。

暖涨桃花江上水，画舫珠帘，载酒东风里。四面青山青似洗，白云不断山中起。　过眼韶华浑有几，玉手佳人，笑把琵琶理。枉杀云台标外史，断肠只合江州死。

右顾德辉〔蝶恋花〕词。按《续古今词话》曰："仲瑛至吴，陈浩然同饮于支硎山张氏楼。徐姬楚兰歌以佐酒，座客郯云台为之心醉，故以词戏之，一时争传焉。"

陶宗仪亦好游，尤精于曲。三人者道不同，其趋一也。

如此好溪山，羡云屏九叠，波影涵素。暖翠隔红尘，空明里、著我扁舟容与。高歌鼓枻，鸥边长是寻盟去。头白江南看不了，何况几番风雨。　画图依约天开，荡清晖别有，越中真趣。孤啸拓篷窗，幽情远、都在酒瓢茶具。水溟摇晚，月明一笛潮生浦。欲问渔郎无恙否，回首武陵何许。

第八章 论元人词至张翥而衰

右陶宗仪〔南浦词〕。按《续古今词话》曰：南村崎岖离乱之日，必以笔墨自随。有所得，摘树叶书之。书成，名《辍耕录》。有《南浦词》。其高致可想见也。

顾氏筑玉山草堂，一时词人袁华、于立、陆仁、张逊等，皆与倡和。不若许氏圭塘之得一马远而已。陶氏则与邵亨贞相善，《辍耕录》独采其〔沁园春〕二词，盖一咏美人眉，一咏美人目也。实则邵氏所长不在此。

> 江路，风雨，春又去。掩重门，栖上暮山翠。锁愁痕，烟草弄黄昏。王孙，好怀谁与论，暗消魂。

右邵亨贞〔诉衷情〕词。按阮元《揅经室外集》曰：邵氏《蚁术词选》，久不见著录，此编得之旧钞本。凡一百四十三首。世多称其〔沁园春〕词，可与《野处集》并传矣。

舒頔有《贞素斋词》，其弟逊有《可庵词》，亦金之段氏兄弟也。

> 故人情况近如何，应被酒消磨。醉来笑倚娉婷卧，伤心处暗揾香罗。肱曲红生玉笋，鬓偏翠卷金荷。　薰风枕簟届清和，著我醉时歌。襄阳旧事今安在，风流客屈指无多。休说玉堂金马，争如雨笠烟蓑。

右舒頔〔风入松〕词。按《词人姓氏录》曰：頔字道原，逊字士谦，绩溪人。兄弟皆有集。元末隐华阳山中，屡聘不出。

若骊山温泉石刻之元人词，不知何人所作。

　　三郎年少客，风流梦，啸岭蛊瑶环。渐娇汗发香，海棠睡暖。笑波生媚，荔子浆寒。况此际曲江人不见，偃月事无端。羯鼓三声，打开蜀道，《霓裳》一叠，舞破潼关。　　马嵬西去路，愁来无会处，泪满河山。空有罗囊遗恨，锦袜传观。欢玉笛声沉，楼头月下，金钗信杳，天上人间。几度秋风渭水，落叶长安。

右无名氏〔风流子〕词。按《词品》曰："昔岁道临潼，见石刻元人一词，语语为太真纪恨。再过之，已磨为别刻矣。"

闺媛则惟管道升。若《词统》所录王秋英〔潇湘逢故人慢〕词，是又一卫芳华也。妓人则能曲者多，能词者少，刘燕哥、陈凤仪以外无闻已。

　　故人别我出阳关，无计锁雕鞍。今古别离难，兀谁画蛾眉远山。　　一尊别酒，一声啼宇，寂寞又春残。明月小楼间，第一夜想思泪弹。

右刘燕哥"送别"〔太常引〕词。按《续古今词话》曰："刘燕哥、陈凤仪皆乐妓也。陈有'送别'〔一络索〕词曰

'海棠也似别君难,一点点啼红雨',亦见称于时。"

元人词其流利者每似曲,又多合为一编,易于相混。白朴以〔小桃红〕入词,而他无论已。然后知史浩以《鄮峰真隐大曲》别为一编之犁然各当也。此亦宋元升降之一端尔。

第九章　论明人词之不振

　　明太祖起自布衣，十年而有天下，不可谓非一世之雄也。论者以汉明二祖，正统攸归，除暴定乱，功不在汤武下，然而果于杀僇，尤酷于汉高。钟室之囚，不加诸随陆也。若胡、蓝二狱，罗织万人。优礼陶安，亦幸其不寿耳。宋濂、高启，不获令终。嬴政复生，坑及儒者。江湖月落，燕喙皇孙。十族何妨，读书种子尽矣。仁宗干蛊，元气已伤。下讫启、祯，文风不振。程试之式，台阁之礼，经义论策，言不由中。盖自乐府盛而诗衰，词盛而乐府衰，北曲盛而词衰，南曲盛而北曲亦衰。董氏《西厢》，出于金末，元人杂剧，此其先声。王四《琵琶》，始改为南曲。沈和合套，亦起于同时。故明人小词，其工者仅似南曲，间为北曲，已不足观。引近慢词，率意而作，绘图制谱，自误误人。自度各腔，去古愈远。宋贤三昧，法律荡然。第曰词曲不分，其为祸犹未烈也。根本之地，彼乌知之哉？

　　汇刻词无及明人词者，朱氏本以梁寅《石门词》、凌云翰《柘轩词》、谢应芳《龟巢词》三家，列于元人。梁氏初官集庆路训导，入明，征修礼书。书成，不受官而退。王昶《明词综》首录之，所以正《历代诗馀》之失也。其词以箫

第九章 论明人词之不振

筱尤有叶，以江右人而作闽音，不足法也。

> 锦树分明上苑花，晴光宜日又宜霞。碧烟横处有人家。　　缘似鸭头松下水，白于鱼腹柳边沙。一溪云影雁飞斜。

右梁寅"冬景"〔浣溪沙〕词。按朱锡鬯《明诗综》曰：梁氏既不为好爵所縻，而《石门集》中感恩颂德之词，不一而足。方之抱遗翁似有间矣。故序于通籍者之列。

凌氏登至正己丑《历代诗馀》作己卯，误。乡荐，入明，授四川学官，谪南荒以卒。钱谦益《列朝诗选》以为明人。丁丙《西泠词萃》承之，不得援邵亨贞入明不出列作元人之例也。

> 芳草纤纤，游丝冉冉，可爱地晴江碧。世事浮云，人生大梦，歧路漫悲南北。漉酒春朝，步蟾秋夜，却忆旧时巾舄。问故园何日归来，松菊已非畴昔。　　谁似我十亩柔桑，千头佳橘，饱看绿阴朱实。溉釜烹鱼，饭蔬饮水，胜咀绛霞琼液。鸟倦知还，水流不竞，乔木且容休息。喜闲来事事从容，睡觉半窗晴日。

右凌云翰"和冯尊师"〔苏武慢〕词。按瞿佑《归田诗话》曰：凌彦翀尝作梅词〔霜天晓角〕，柳词〔柳梢青〕各一百首，号"梅柳争春"。今集中无之。

谢应芳隐居以老，而贺寿诸作，喜与当路者游。《明词综》列为明人,亦《春秋》之意欤。

老眼犹明,著书未了余生债。客来休怪,淡饭黄虀菜。　踏雪观梅,清兴依然在。南门外,夜来寻戴,扶醉驮驴背。

右谢应芳〔点绛唇〕词。按《青浦县志》曰:应芳,字子兰,武进人。以元末兵乱流寓青浦。有《龟巢集》二十卷,词一卷。

刘基为至元癸酉进士。入明,以佐命功封诚意伯。其元季所作曰《覆瓿集》,入明所作曰《犁眉公集》。明人诗词无出其右者。史有三长,其长不可及也。

淡烟平楚,又送王孙去。花有泪,莺无语。芭蕉心一寸,杨柳丝千缕。今夜雨,定应化作相思树。　忆昔欢游处,触目成今古。良会远知何许。百杯桑落酒,三叠阳关句。情未已,月明潮上迷津渚。

右刘基〔千秋岁〕词。按吴琯《蕉窗蒠隐词》,《四库提要》曰:琯,明人,辑有《古今逸史》,书贾取青田词嫁名于琯,又题作元人。滋可笑已。

高启、杨基、张羽、徐贲,所谓"明初四杰"也。启不屈于张士诚,入明以冤死,世尤惜之。

第九章 论明人词之不振

　　落了辛夷，风雨顿催，庭院潇洒。春来长恁，乐章懒按，酒筹慵把。辞莺谢燕，十年梦断青楼，情随柳絮犹萦惹。难觅旧知音，把琴心重写。　　妖冶。忆曾携手，斗草栏边，买花帘下。看到辘轳低转，秋千高打。如今甚处，纵有团扇轻衫，与谁更走章台马。回首暮山青，又难愁来也。

右高启"春感"〔石州慢〕词。按《续古今词话》曰：《扣舷词》以疏旷见长，〔石州慢〕一词，又极缠绵之致。"绿杨芳草，年少抛人"，晏元献何必作妇人语。

张、徐二氏，不以词名。杨氏诗次于高氏，而词则差胜。小诗似词，不免秦七之病尔。

　　鸾股先寻斗草钗，凤头新绣踏青鞋。衣裳宫样不须裁。　　软玉缕成鹦鹉架，泥金镂出牡丹牌。明朝相约看花来。

右杨基"花朝"〔浣溪沙〕词。按《乐府纪闻》曰：杨孟载少时见杨廉夫，命赋《铁笛歌》。即效其体，为其所赏，当时有老杨、小杨之目。所著名《眉庵词》，饶有新致。

张以宁、王蒙、高明、瞿佑诸家，皆以元人入明。《明词综》亦谓明初人词，犹沿道园、蜕岩之旧，不乖于风雅者也。张氏以诗名，王氏以画名，高氏以曲名，明作《琵琶记》，为南曲之祖。其全集曰《柔克斋集》。详见顾嗣立《元诗选》。《尧

153

山堂外记》以为高栻作，非也。瞿氏则以词名，其词曰《乐府遗音》。《四库提要》斥其兼学南北宋，反致驳而不纯，亦言之过已。

　　望西湖柳烟花雾，楼台非远非近。苏堤十里笼春晓，山色空蒙难认。风渐顺，忽听得、鸣榔惊起沙鸥阵，瑶阶露润。把绣幕微搴，纱窗半启，未审甚时分。　凭栏处，水影初浮日晕。游船未许开尽。卖花声里香尘起，罗帐玉人犹困。君莫问，君不见、繁华易觉光阴迅。寻芳有信，怕绿叶成阴，红英结子，留作异时恨。

右瞿佑"泛湖"〔摸鱼子〕词。按《西湖志馀》曰："瞿宗吉风情丽逸，著《剪灯新话》及乐府歌词，多偎红倚翠之语，为时传诵。既谪保安，作'元宵'〔望江南〕词五首，闻者泪下。"

　　洪武初元，诏征隐佚。有司敦促就道，抗者有罪。既而未竟其用，多以微诟死。文字之狱，周寿昌思益堂曰札历举之。梁寅、高明之不受官，必有所见。故凌云翰、瞿佑之得全腰领以终者，亦幸也。噫！人主忌才，一至于此。惠宗仁弱，平勃无人。谁出而与人骨肉哉？

　　三过吴江，又添得一亭清绝。刚占断水光多处，巧依林樾。漠漠云烟春昼雨，寥寥天地秋宵月。更冰壶玉鉴暑宜风，寒宜雪。　曜庵右，山岚缺。虹桥左，波

第九章 论明人词之不振

涛截。正三高亭畔，旧规今别。何但渔翁垂钓好，误将柳子新吟揭。信登临佳兴属彭宣，能挥发。

右惠宗皇帝"题垂虹亭"〔满江红〕词。按《明史》本纪曰，金川门启，大内火，帝崩。《致身》《从亡》等录皆作"帝易服逊荒"，此与南都王之明，同一疑案矣。

成祖以靖难之师，入承大统。教坊之发，瓜蔓之抄，辟诸霜雪未消，又加以雨雹矣。苞桑萌蘖，剥蚀频仍。然而为谋者，则姚广孝之罪也。和尚嗜杀，刘秉忠犹将下之耳。

斜日斜日，门外马蹄声疾。林栖鸟尽飞还，霞彩红衔远山。山远山远，莫怪行人归晚。

右姚广孝〔转应曲〕词。按钱谦益《列朝诗选》曰："广孝初为僧，名道衍。尝作《北固山怀古》诗。同院宗泐曰：'此岂释子语耶，汝薄南朝矣。'后以靖难功，加太子少师。"

惠宗诸臣，勇于死节者，莫如铁铉。铉能小词，亦广平梅花之赋也。

晚出闲庭看海棠，风流学得内家妆。小钗横戴一枝香。　削玉梳斜云鬓腻，镂金衣透雪肌凉。暗思何事立斜阳。

右铁铉〔浣溪沙〕词。按王鏊《震泽纪闻》曰："铉守济南，文皇师不得进，乃舍去。及渡江，以计擒至，不屈被杀。二女能诗，发教坊，誓不辱。仁宗即位，赦出之。"

解缙、胡俨等虽无易姓之嫌，然而晚节不终，不得与纯臣之列矣。

楼上角声呜咽，天边斗柄横斜。酒醒风惊帘幕，漏残月在梅花。

右胡俨〔三台令〕词。按王鸿绪《明史稿》曰："靖难师起，周是修与解缙、胡俨等约同死，既而惟是修竟行其志云。"

林鸿于其先，自免以归。与郑定、王褒、唐泰、高棅、王恭、陈亮、王偁、黄玄、周玄称"闽中十才子"。复以诗词与张红桥相往还，遂为夫妇。《闲情集》录其"游金陵留别"〔百字令〕词曰："软语丁宁，柔情婉转，熔尽肝肠铁。"又曰："此去何之，碧云江树，早晚峰千叠。图将羁恨，归来重与伊说。"又红桥答词后片曰："还记浴罢描眉，梦回携手，踏碎空梁月。漫道胸前怀豆蔻，今日总成虚设。桃叶津头，莫愁湖畔，远树烟云叠。寒灯孤枕，相思谁与闲说。"一则打算归来，一则商量去后。闺房倡和，当于画眉。以视陆游弃妻唐琬〔钗头凤〕词，适得其反也。杨复初、张肯、莫璠皆不戚戚于贫贱者。璠尤以"西湖十景"〔蝶恋花〕词名。自周密有〔木兰花慢〕词，杨缵为之正律。崔颢题诗，可以阁笔耳。

> 当时承望求仙道，那知薄命如郊岛。留得残生犹自好。多懊恼，尘缘俗虑何时扫。　子已成童无用抱，醉眠任便和衣倒。今岁砧声秋未捣。凉信早，看来只恐中年老。

右杨复初"答凌云翰"〔渔家傲〕词。按《词品》曰：杨氏筑室南山，以村居自号。凌彦翀以词为寿，瞿宗吉亦有和词，并序曰："范文正'塞上秋来'词，欧阳以穷塞主戏之者。从仄起句，诸家悉同，今二公以平起易之，特著此以俟知音尔。"杨词今无传，选本亦不载，故录之。

若王直有《抑庵词》，李祯有《侨庵词》，则成祖永乐二年所得士也。此外不闻能词者。人才之衰落，谁实为之哉？仁宗初监国，即以慈孝闻。其登极也，一反先世之所为，以培养元气，赞老成，免粮税，享国虽促，此天下之所以归仁焉。

> 烟抹霜林秋欲褪。吹破燕支，犹觉西风嫩。翠袖怯寒愁一寸，谁传庭院黄昏信。　明月修容生远恨。旋摘余娇，簪满佳人鬓。醉倚小栏花影近，不应先有春风分。

右仁宗皇帝《赋九月海棠》〔蝶恋花〕词。按《兰皋集》曰：有明两祖列宗好学不倦，染翰俱工。仁宗御制《九月梅棠》一词，尤娟秀绝伦。

宣宗继世，《兰皋集》收宣宗皇帝赐学士沈度〔醉太平〕词，及周宪王有燉"咏绣鞋"〔鹧鸪天〕词，皆南曲也，故不录。三杨执政以守其成。所惜者，以科举得人，而真才不出。虽然，明人墨义，超古轶今。王唐归胡，立言不朽。非若台阁体之以摹拟为工也。天下英雄，使之入彀。必曰明亡于八股，冤矣。详见周同谷《霜猿集》。

竹君子，松大夫，梅花何独无称呼。回头试问松和竹，也有调羹手段无。

右杨士奇"题画梅"〔桂殿秋〕词。按陈继儒《晚香堂清语》曰：宣德中，三杨在内阁。从官以松、竹、梅求题，荣题松，溥题竹，后皆书赐进士第。士奇起于辟召，故以词见意焉。

当时所得士，若徐有贞、赵迪皆号能词。有贞之人不足取，其《千秋岁引》词，见之沈际飞《词谱》，字句之舛谬，《词律》备言之矣。《明词综》亦言永乐以后，自小词外均无足观。而又以入选，此亦与《词综》之以曲为词，同一不轨于正也。

英宗初年治而不乱者，太皇太后张氏力焉。张后崩，王振用事。额森弄兵，内衅未平，外祸又作。土木之败，只马不归。景帝临朝，于谦枋国，君臣一德，使日月幽而复明。所谓以高皇帝视之，皆我子孙也。一则覆宗，一则肯构，将论其长次耶？抑论其贤不肖耶？虽愚者亦知所择矣。易储之谏，夺门之功，兄弟阋墙，亦以叔夺侄之报也夫。

第九章 论明人词之不振

商辂以英宗正统朝三元起家,《续古今词话》谓其小词不堕时趋,自有殊致。尤许其"初春"〔一丛花〕词"东风有信无人见,露微意柳际花边"之句。郭麐《灵芬馆词话》,以《素庵词》为不及瞿佑《馀清词》,不独"雨起"句之失叶短韵也。按秦观〔一丛花〕词前起名曰《年时》,后起名曰《佳期》。《时》《期》叶短韵,明人词多不合律。故可传者少。于同时各家亦不及马洪《花影词》。洪以布衣终,且有名字翳如之叹矣。

花压鬟云低,风透罗衫薄。残梦蕃腾下翠楼,不觉金钗落。 几许别离愁,犹自思量著。欲寄萧郎一纸书,又怕归鸿错。

右马洪"和聂大年"〔卜算子〕词。按《词品》曰:"马鹤窗与陆清溪同出刘菊庄之门,清溪得诗律,鹤窗得词调。异体齐名,可谓盛矣。"

景帝景泰初,聂大年以仁和学官征入为翰林,其〔卜算子〕词盖在杭日作以自况焉。

粉泪湿鲛绡,只恐郎情薄。梦到巫山第几峰,酒醒灯花落。 数日尚春寒,未把罗衣着。眉黛含颦为阿谁,但悔徒前错。

右聂大年〔卜算子〕词。按《尧山堂外纪》曰:"聂寿卿《东轩集》有'玉楼人醉东风晓,高卷红帘看杏花'之句,真词人之笔也。"

其时得将如王越，得相如李东阳，亦能小词。犹不若郭登武定侯英孙，右都督镇守大同总兵官，有《联珠集》。之于诗，汤允绩之于词，出于武人中又雅歌投壶之续也。

燕垒雏空日正长，一川残雨映斜阳。鸂鶒晒翅满鱼梁。　榴叶拥花当北户，竹根抽笋出东墙。小庭孤立懒衣裳。

右汤允绩〔浣溪沙〕词。按《历代词人姓氏录》曰：字公让，东瓯王和曾孙。初为诸生，旋弃去。巡抚周忱荐其才，授锦衣卫百户，历官至延绥参将。有《东谷集》。

宪、孝之世，天下无故，在位者相率为词，吴宽《匏庵词》、赵宽《半江词》，以词为衣钵，世艳称之。徐则杨循吉《南峰词》、蒋冕《湘皋词》、顾潜《静观堂词》、顾璘《东桥词》，背其最著者。异夫弘治七子，若李梦阳、王九思、边贡、王廷相等，胡于词独不言复古也。"礼失而求诸野"，词亦然。史鉴《西村词》，论者以方马洪为二布衣词。朱锡鬯诋洪词为俗，鉴亦未能免俗耳。

晓钟才到春偏去，一番日水伤迟暮。谁送断肠声，黄鹂知客情。　山光眉黛湿，仍带伤春泣。绿酒泻杯心，卷帘空抱琴。

右锁懋坚〔菩萨蛮〕词。按《词品》曰："锁懋坚，西域人。宪宗成化间游苕城，朱文理于座中，索赋其家假山，即席为作〔沉醉东风〕曲，为一时所称。"

武、世二朝，兄终弟及。南征之谏，典礼之争，未为大失也。河套之议起，而大狱以成。东市朝衣，盈虚倚伏。冰山录出，两败俱伤。秕政之多，莫甚于此者已。杨慎初登第，以武宗微行，抗疏切谏，复以议礼触世宗怒，廷杖几死。谪云南，殁于戍所。直声震天下，所著书数百卷。多有掊击之者，胡应麟《笔丛》驳之尤力，然而固一代之才人也。

银烛银烛，锦帐罗帷影独。难人无语消魂，细雨斜风掩门。门掩门掩，数尽寒城漏点。

右杨慎〔转应曲〕词。按王世贞《艺苑卮言》曰：用修所辑《百琲真珠》《词林万选》，可谓词家功臣。其词好入六朝丽字，似近而远，然其妙绝处亦不可及。

修妻黄氏亦能诗词，才命相妨，斯其缺陷尔。

巫女朝朝艳，杨妃夜夜娇。行云无力困纤腰，媚眼晕灵潮。　阿母梳云髻，檀郎整翠翘。起来罗袜步兰召，一见又魂销。

右黄氏〔巫山一段云〕词。按《晚香堂清词》曰：黄夫人寄外诗，有"曰归曰归愁岁暮，其雨其雨怨朝阳"之句，传诵人口。小词亦雅丽。或比之赵松雪夫妇云。

严嵩通籍后，读书十年始出。夏言，其乡后进也，以议礼骤贵。喜为词，嵩附之，以〔百字令〕、〔木兰花慢〕用古人韵作词相赠答，一时朝士争效其体，流布都下。言作小词，必托名于无名氏，亦如孔方平之假为鲁逸仲也。见《碧鸡漫志》。及败，遂无齿及者。词亦势利之物哉？

庭院沉沉白日斜，绿阴满地又飞花。蕈腾春梦绕天涯。　　帘幕受风低乳燕，池塘过雨急鸣蛙。酒醒明月照窗纱。

右夏言〔浣溪沙〕词。按朱国桢《涌幢小品》曰：石塘曾铣，为夏氏内戚。尝以〔渔家傲〕词互相赓唱，遂起河套之议。故黄泰泉有"千金不买陈平计"之句，盖讥之也。

张綖《南湖词》、吴子孝《明珠词》，皆收于《四库》。綖即作《诗馀图谱》者，子孝词则人鲜知之。

韶光都付乱离中，登眺觉心慵。青山城外望断，愁绝黛痕浓。　　闲把酒，倚楼东，小桃红。馆娃烟草，香径风兰，长记游踪。

右吴子孝〔诉衷情〕词，为嘉靖癸丑甲寅间东南倭乱而作。按《四库提要》曰："吴纯叔自号玉霄仙。其词颇具凄婉之致，而造诣未深，不能入宋人阃奥也。"

嘉靖后七子，王世贞独以词名。其弟世懋，亦可竞爽也。

第九章 论明人词之不振

  枝上子规犹闹，门外碧梧谁扫。病起不禁秋，倚尽小楼残照。寒峭寒峭，一夜白蘋天老。

右王世懋〔如梦令〕词。按《尧山堂外纪》曰："弇州词沾沾自喜，亦出人一头地。李于鳞尝谓：'惟某敢与狎主齐盟，而小词弗逮也。'奉帝才气少于乃兄，亦轼之有辙也。"
  远而求之，苏世让《倡和集》之属明，亦若李齐贤《益斋长短句》之属元也。进于中国，则中国之而已矣。即论其词，又非同时诸家之敌焉。

  无端花絮晓随风，送尽春归我又东。雨后岚光翠欲浓。寄征鸿，家在千山万柳中。

右苏世让"和薛副使韵"〔忆王孙〕词。按《续古今词话》曰："嘉靖中，华学士察、薛给谏廷宠同使高丽，与国人苏世让、成世昌等有《倡和集》，亦可见文教之远矣。"
  穆宗初政，美不绝书。内供寝多，灾异迭见。神宗承之，怠荒于色，不见群臣者二十五年。东林之构，边饷之虚，悉兆于此。光宗不禄，熹宗童昏，客魏窃权，不亡胡待？思陵何辜而丁其厄也。三王亡命，徒者如归。死义之风，亦死社稷者之所激哉。
  有明重科第，于诗文亦然。谢榛、李攀龙不终，亦贫贱为之祟也。《四库》录明人词，于前三家外，合施绍莘《花影词》共四家。绍莘出处与陈继儒同,是传不传不系乎第不第也。

半是花声半雨声,夜分淅沥打窗棂。薄衾单枕一人听。　密约不明浑梦境,佳期多半了他生。凄凉情况是孤灯。绍莘,隆万时人,《提要》谓其词皆崇祯亡国时作,误。

右施绍莘〔浣溪沙〕词。按《青浦诗传》曰:施子野负隽才,筑精舍于西佘。时陈眉公居东佘,来往嬉游。二家词不同,《晚香堂词》不作艳语,子野则专学张三影者也。

《明词综》谓明人词以《花间》《草堂》为本,而唐宋名家词皆不显于世。若张杞可谓有志者。

苔草无人半入泥,妒风狂雨绿窗西。匆匆惊梦一莺啼。　蝶粉时黏飞絮浦,玉骢惯踏落花溪。闲来对影数春期。

右张杞〔浣溪沙〕词。按《词统》曰:西蜀南唐而下,转而开两宋之派。花间致语,几于尽矣。万历间,黄陂张迂公起而全和之,使人不流于庸滥之句。谓非其大力欤?

天启间程明善之《啸馀谱》,崇祯间沈际飞之《词谱》,告继张綖而作者,狃于习见,以明人词为词,知今而不知古也。沈谦作《词韵》,亦不为无功,否则更不堪设想矣。

香罗曾寄，小凤蟠云腻。谁识春来腰更细，剩得许多垂地。　玉钩移孔难寻，有时捻着沉吟。纵迹可知无定，两头都结同心。

右沈谦咏带〔清平乐〕词。按沈雄《柳塘词话》曰："沈去矜列名于西泠十子，填词称最。其《东江词》有'板桥南去不逢人，蒙蒙一片杨花雪'之句，谁谓其仅仅言情者乎？"

明人工于曲，四十出之传奇，于元曲外又开一生面。沈自征《渔阳三弄》，能此者多，不足异也。其一家能词，张倩倩，其妻也；李玉照，其继妻也；沈宜修、沈静专，其女兄弟也；沈宪英，其女也；叶小纨、叶纨纨、叶小鸾，其女甥也。小鸾尤著名，斯不易得尔。

几日东风倚画楼，碧天清蔼半空浮。韶光多在杏梢头。　垂柳有情留夕照，飞花无计却春愁。但凭天气困人休。

右叶小鸾〔浣溪沙〕词。按钮琇《觚賸》曰：叶绍袁工六朝文，与其妇沈宜修偕隐汾湖，幼女小鸾，十岁能韵语。甫笄而殁，所存诗词，皆似不食人间烟火者。

明末词人，必以陈子龙为之冠。曲终奏雅，其在斯人与？

雨外黄告花外晓。催得流年，有恨何时了。燕子乍来春又老，乱扛相对愁眉扫。　午梦阑珊归梦杳。

醒后思量，踏遍闲庭草。几度东风人意恼，深深院落芳心小。

右陈子龙〔蝶恋花〕词。按王士禛《倚声集》曰：词至《云门》《湘真》诸集，言内意外，已无遗议。柴虎臣所谓华亭肠断，宋玉魂销，所微短者，长篇不足耳。

夏完淳童年死节，大义凛然。玉樊一编，亦正气集也。

秋色到空闺，夜扫梧桐叶。谁料同心结不成，翻就相思结。　十二玉栏干，风外灯明灭。立尽黄昏泪几行，一片鸦啼月。

右夏完淳〔卜算子〕词。按汪端《明三十家诗选》曰：存古五岁通《五经》，九岁善诗文词，十五从军，十七授命。所著《玉樊堂集》，王阮亭叹为再来人。父子死国，尤难得也。

明之女妓能词，犹元之女妓能曲也。《明词综》录二十六人，不下无黄阙名之《青楼集》矣。论者曰：其失律，一病也；袭古，二病也；似曲，三病也。噫！士大夫亦不免，何责乎儿女子哉？

池上残荷尽，篱下黄英嫩。重阳还有几多时，近近近。曾记当年，那人索句，品花呼茗。　望断萧郎信，懒去匀官粉。虾须帘外晚风生，阵阵阵。双袖初寒，一灯欲灭，博山香烬。

右尹春〔醉春风〕词。按余怀《板桥杂记》曰：南曲中人，往往工谈吐，娴风雅，啧啧人口，久而不衰。郑妥、王月、顿文、尹春、沙嫩诸人，能作小词，亦楚楚有致。

佟世南录明人词为《东白堂词选》，吴衡照录惠宗皇帝以迄吕福生为《明词综补》，言明人词者必首以杨慎、王世贞，此《词律》所斥者，而他可知矣。略而不详，此物此志也。

第十章　论清人词至嘉道而复盛

清人之词之多，悉数之不能终也。王昶《清词综》讫于嘉庆初，王绍成《清词综二编》讫于道光中，黄燮清《清词综续编》讫于同治末，丁绍仪《清词综补编》讫于清亡。所录合三千人，可以观其全矣。见之汇刻者，康熙间孙默《清名家诗馀》其最早者焉，凡十八家。

　　吴伟业《梅村词》
　　龚鼎孳《香严词》
　　陈世祥《含影词》
　　梁清标《棠村词》
　　宋琬《二乡亭词》
　　王士禄《炊闻词》
　　曹尔堪《南溪词》
　　王士禛《衍波词》
　　陆求可《月湄词》
　　黄永《溪南词》
　　邹只谟《丽农词》
　　董俞《玉凫词》

彭孙遹《延露词》

尤侗《百末词》

陈维崧《乌丝词》

董以宁《蓉渡词》

程康庄《衍愚词》

孙金砺红桥广陵《倡和词》

《四库》录之，曰《十五家词》。无龚鼎孳、程康庄、孙金砺三家，盖未全之本也。聂先、曾王孙合刻之《百名家词》稍后，出吴伟业以下十家已见孙刻不复数外，凡九十家：

李元鼎《文江词》

曹溶《寓言集》

曹垂璨《竹香亭诗馀》

魏学渠《青城词》

唐梦赉《志壑堂词》

何采《南礀词》

王庭《秋闲词》

张渊懿《月听轩诗馀》

张锡怿《啸阁馀声》

丁澎《扶荔词》

冯云骧《寒山诗馀》

毛际可《映竹轩词》

李天馥《容斋诗馀》

林云铭《吴山觳音》

赵士吉《万青词》

何五云《红桥词》

曹贞吉《珂雪词》

江皋《染香词》

吴兴祚《留村词》

宋荦《枫香词》

郑侠如《休园诗馀》

丁炜《紫云词》

余怀《秋雪词》

吕师濂《守斋词》

王晫《峡流词》

吴绮《艺香词》

曹寅《荔轩词》

高士奇《蔬香词》

华胥《画馀谱》

吕洪烈《药庵词》

佟世南《东白词》

周纶《柯斋诗馀》

顾景星《白茅堂词》

吴秉钧《课鹉词》

顾贞观《弹指词》

何鼎《香草词》

陈玉璂《耕烟词》

汪懋麟《锦瑟词》

邵锡荣《探酉词》

汪鹤孙《蔗阁诗馀》

成德《饮水词》

高层云《改虫斋词》

王琐龄《螺舟绮语》

王九龄《松溪诗馀》

朱彝尊《江湖载酒集》

秦松龄《微云词》

徐釚《菊庄词》

毛奇龄《当楼词》

严绳孙《秋水词》

孙枝蔚《溉堂词》

汪森《碧巢词》

吴之登《粤游词》

吴秉仁《摄闲词》

徐喈凤《玉凫词》

吴棠祯《凤车词》

陆次云《玉山词》

万树《香胆词》

赵维烈《兰舫词》

江士式《梦花窗词》

沈雄《柳塘词》

曹亮武《南耕词》

蒋景祁《罨画溪词》

杨通伶《竹西词》

陈见龙《藕花词》

龚翔麟《红藕庄词》

沈尔燝《月团词》

冯瑞棣《华堂词》

王允持《陶村词》

徐瑶《双溪泛月词》

徐玑《湖山词》

孙致弥《梅沜词》

狄亿《绮霞词》

姜垚《柯亭词》

江尚质《澄晖词》

郑熙绩《蕊栖词》

叶寻源《玉壶词》

龚胜玉《仿橘词》

陈大成《影树楼词》

沈永令《噗霞阁词》

吴思《玉艳词》

徐允哲《响泉词》

周志濂《容居堂词》

徐惺《横江词》

郭士燝《句云堂词》

顾岱《澹雪词》

王铬《万卷山房词》

徐来一《曲滩词》

路传经《旷观楼词》

余兰硕《团扇词》

陈鲁得《栩园词》

清初人词,此二书可以略见矣。《四库》所录者,盖其最初刻三十家之本,非全书也。王昶之《琴画楼词钞》继之,凡二十五家:

张梁《澹吟楼词》

厉鹗《樊榭山房词》

陆培《白蕉词》

张四科《响山词》

陈章《竹香词》

朱方蔼《小长芦渔唱》

王又曾《丁辛老屋词》

吴烺《杉亭词》

汪士通《延青阁词》

吴泰来《昙香阁琴趣》

江昱《梅鹤词》

储秘《书花屿词》

赵文哲《媕雅堂词》

张熙纯《昙华阁词》

陆文蔚《采尊词》
遇春山《湘云遗稿》
朱昂《绿阴槐夏阁词》
江立《夜船吹笛词》
朱泽生《鸥边渔唱》
吴元润《香溪瑶翠词》
王初桐《杯湖欸乃》
宋维藩《滇游词》
吴锡麒《有正味斋词》
吴蔚光《小湖田乐府》
杨芳灿《吟翠轩初稿》

缪荃孙《云自在龛汇刻名家词》又继之，凡十三家：

宋翔凤《香草词》《洞箫词》《碧云盦词》
周之琦《金梁梦月词》《怀梦词》
张琦《立山词》
金式玉《竹邻词》
董士锡《齐物论斋词》
周青《柳下词》
方履籛《万善花室词》
王敬之《三十六陂渔唱》
于胡承《龄冰蚕词》
杨传第《汀鹭诗馀》

樊景升《湖海草堂词》
蒋春霖《水云楼词》
陆志渊《兰幻词》《匏落词》

此二书出，可见嘉庆以来迄于同治朝人词之变而益上矣。光、宣二朝，以时代之近，故无议及者。徐乃昌小檀栾室汇刻之《闺秀百家词》，亦大观也。其沈宜修《鹂吹词》、叶纨纨《芳雪轩词》、叶小鸾《疏香阁词》、商景兰《锦囊诗馀》四家，当属于明不数外，凡九十六家：

朱中楣《镜阁新声》
吴绡啸《雪庵词》
徐灿《拙政园诗馀》
贺双卿《雪压轩词》
杨芸琴《清阁词》
葛秀英《澹香楼词》
张友书《倚云阁词》
孙莹培《翠薇仙馆词》
钟韫《梅花园诗馀》
吴小姑《唾绒词》
沈榛《松籁阁诗总》
刘琬怀《补栏词》
袁绶《瑶华阁词》
缪珠荪《霞珍词》

蒋纫兰《鲜洁亭词》
张玉珍《晚香居词》
顾贞立《栖香阁词》
沈鹊应《崦楼词》
钟筠梨《云榭词》
许淑慧《瘦吟词》
钱孟钿《浣青诗馀》
张令仪《蠹窗诗馀》
葛宜《玉窗诗馀》
苏穆《贮素楼词》
徐元端《绣闲庵词》
江瑛《绿月楼词》
江珠《青藜阁词》
薛琼《绛雪词》
谭印梅《九疑仙馆词》
鲍之芬《三秀斋词》
钱凤纶《古香楼词》
王贞仪《德风亭词》
沈纕《浣纱词》
周诒蘩《静一斋诗馀》
王倩《洞箫栖词》
顾翎《茝香词》
赵我佩《碧桃馆词》
左锡璇《碧梧红蕉馆词》

左锡嘉《冷红仙馆诗馀》
陈珍瑶《赋燕楼词》
黄婉琼《茶香阁词》
孙云凤《湘筠馆词》
孙云鹤《听雨楼词》
沈善宝《雪鸿楼词》
周翼纯《冷香斋诗馀》
李慎溶《花影吹笙室词》
孙荪意《衍波词》
曹慎仪《玉雨词》
屈秉筠《韫玉楼词》
李佩金《生香馆词》
席佩兰《长真阁诗馀》
陆珊闻《妙香室词》
归懋仪《听雪词》
唐韫贞《秋瘦阁词》
梁德绳《古春轩词》
钱湘绿《梦轩词》
杨继端《古雪诗馀》
张䌌英《澹鞠轩词》
张䌌英《纬青词》
许德蘋《和漱玉词》《涧南词》
庄盘珠《秋水轩词》
钱斐仲《雨花庵诗馀》

郑兰孙《莲因室词》

宗婉《梦湘楼词》

吴藻《花帘词》《香南雪北词》

吕采芝《秋笳词》

朱玙《金粟词》

熊琏《淡仙词》

赵芬《滤月轩诗馀》

萧恒《贞月楼琴语》

关瑛《梦影楼词》

方彦珍《有诚堂诗馀》

钱念生《绣馀词》

赵友兰《澹音阁词》

陆倩倩《影楼词》

翁端恩《簪花阁诗馀》

殷秉玑《玉箫词》

高佩华《芷衫诗馀》

阮恩滦《慈晖馆词》

陆蓉佩《光霁楼词》

凌祉媛《翠螺阁词》

陶淑《菊篱词》

江淑媚《昙花词》

许诵珠《雯窗瘦影词》

陈嘉《写麋楼词》

李兰韵《楚畹阁词》

曹景芝《寿研山房词》
　　俞庆曾《绣墨轩词》
　　邓瑜《蕉窗词》
　　吴尚熹《写韵楼词》
　　屈蕙纕《含青阁词》
　　吴苣佩《秋阁词》
　　俞绣孙《慧福楼词》
　　储慧《哦月楼诗馀》
　　濮文绮《弹绿词》
　　李道清《饮露词》

其不成卷者,又别为《闺秀词钞》十六卷,《补遗》一卷。有见必书,不以良楛杂陈为病焉。此五者皆必传之作也,其为汇刻所未收。而无甚关系者,不一一数,避挂漏也。清初人词,多以明人为法。曹溶所以有词学失传,越三百年之叹也。溶尝搜辑遗集,求之两宋,崇尔雅,斥淫哇,浙西填词家,为之一变。朱彝尊等复昌其说以左右之,龚翔麟刻《浙西六家词》,一时翕然无异辞。号曰浙派,则曹氏实启之也。

　　朱彝尊《江湖载酒集》见重。
　　李良年《秋锦山房词》
　　沈皞日《柘西精舍词》
　　李符《耒边词》
　　沈岸登《黑蝶斋词》

龚翔麟《红藕庄词》见重

朱氏《词综》三十六卷，尤有功于词。风气之转移，预有力焉。

青盖三杯酒，黄旗一片帆。空余神谶断碑镵，借问横江铁锁是谁监？　花雨高台冷，胭脂辱井缄。夕阳留与蒋山衔，不见枫香阁外旧松杉。

右朱彝尊登"石城"〔南歌子〕词。按厉鹗《东城杂记》曰：龚大常佳育开藩江左，署有瞻园。时禾中朱检讨彝尊，李徵士良年，上舍符，沈明府皞日，上舍岸登，皆在宾榻。以词与公子侍御翔麟相唱和。刻《浙西六家词》盛行于时，好事者目为浙派云。

阳羡陈维崧《迦陵词》，与之齐名，时称"朱陈"，亦犹朱、王士禛之于诗也。

架上红鹦鹉，帘边玉辟邪。兜娘懒上卓金车，鬓鬌一窝浓绿未成鸦。　娆我春吹笛，邀人夜斗茶，如今庭院隔天涯。记得沿街，一树纷梨花。记得粉梨花底，几扇绿窗纱。

右陈维崧〔喝火令〕词。按戴璐《藤阴杂记》曰：其年工文词，久不遇。有日者许以五十后必入翰林，梅磊赠诗有

"为许功名似马周"之句。及举鸿博,授检讨,年五十六矣。

康熙己未,同举鸿博者五十人。多能词,彭孙遹《延露词》名尤盛,不独其为举首也。

  薄醉不成眠,转觉春寒重。枕席有谁同,夜夜和愁共。 梦好恰如真,事往翻如梦。起立悄无言,残月生西弄。

右彭孙遹〔生查子〕词。按董含《莼乡杂钞》曰:羡门少宰词以绮语胜,晚年悔其少作,自毁其版。兄孙贻,字仲谋,亦能词。著有《岭上纪行》《客舍偶闻》,即所谓家羿仁兄也。

词学既明,而词律又不可不讲也。其时言律者,若吴绮《选声集》、赖以邠《填词图谱》,其失与张綎同,万树病之。乃取历代人词,迄于元末,考其字句,别其异同,作《词律》二十卷。严绳孙论词,谓于文则《词综》,于格则《词律》。此二书出,益恍然于明人之不足言词矣。

  彩分鸾,丝绝藕。且尽今宵,且尽今宵酒。门外骊驹歌一奏。恼杀长亭,恼杀长亭柳。 倚秦筝,扶楚袖。有个人儿,有个人儿瘦。相约相思须应口。春暮归来,春暮归来否。

右万树〔苏幕遮〕词。按施山姜《露庵杂记》曰:红友堆絮词创为此体，效之者即曰堆絮体。其《词律》为词家功臣，尝见校本，摘其误至千余条。亦可见著书之不易也。

康熙四十六年，《历代诗馀》一百卷成，凡调一千五百四十，词九千余首，则踵《词综》而作者焉。五十四年，《词谱》四十卷成，凡调八百二十六，体二千三百有六，则踵《词律》而作者焉。其不经见者，皆从《永乐大典》录出。《诗馀》下及明曲，《词谱》下及元曲，又以大曲一卷缀于末。凡此者，皆当入曲谱，不若词律之严矣。史浩《鄮峰真隐词曲》大曲各分卷，白朴亦然。夏言《桂洲近体乐府》六卷，《鸥园新曲》一卷，明人犹知之。不得援《全唐诗》下及五代人词，本于唐人以词入诗集之例也。明人南曲，其源出于北曲。金元人北曲，其源不出于大曲。见《艺苑卮言》。言大曲者，莫详于《鄮峰真隐大曲》二卷。于诸曲之下，各载歌演之状。上曲之结句，即为下曲之起句，以平仄通叶。《词律》以姚燧《醉高歌》为北曲，是也。苏轼之《哨遍》，哨，笛名。遍，曲名。亦曲也。盖其混合也久矣。《词律》所阙者，栉比字句，不考其宫调名。若温庭筠《金奁集》、张先《子野词》、柳永《乐章集》、周邦彦《片玉词》、姜夔自制曲，各注宫谱于词名下。凌廷堪《词洁》谓宋词非四声所可尽，方成培《香研居词麈》专论律吕，郑文焯《词学征微》极言四上兢气之妙，惜乎万氏未见及此。厉鹗《樊榭山房词》，即守万氏之说者。

　　数到湘琴未满弦，春残过了摘樱天。芳时卯饮最思眠。　八字眉痕刚半画，二分月影恰重圆。第三桥外见飞仙。

右厉鹗〔浣溪沙〕词。按王昶《蒲褐山房诗话》曰：征君熟于宋元故事，所撰《宋诗纪事》《辽史拾遗》极为详洽，皆录入《四库》。其词直接碧山、玉田，为竹垞后一大家云。

词之有浙派，犹文之有桐城派也。浙派盛于厉鹗，犹桐城派盛于姚鼐也。姚氏尝学为词，刘开曰：我不畏之矣，多所好则心分也。姚氏遂尽弃之而以文名。乾隆间，其别于桐城派而为阳湖派者，则恽敬倡之也。同时于词其别于浙派而为常州派者，则张惠言倡之，董士锡和之也。一时亦翕然无异辞。张氏《词选》以录者凡十二家。

  黄景仁《竹眠词》
  左辅念《宛斋词》
  恽敬《蒹塘词》
  钱季重《黄山词》
  张惠言《茗柯词》
  张琦《立山词》重见。
  李兆洛《蜩翼词》
  丁履恒《宛芳楼词》
  陆继辂《清邻词》
  金应珹《莼艺移兰词》
  金式玉《竹邻词》重见。

郑善长《字桥词》

张氏论词，以立意为本，协律为末。周济师之，以意内言外为说，于《四家词选》见之矣。

一春长放秋千静，风雨和愁都未醒。裙边余翠掩重帘，钗上落红伤晚镜。　朝云卷尽雕栏暝，明月还来照孤凭。东风飞过悄无踪，却被杨花微送影。

右张惠言〔木兰花〕词。按谭献《复堂日记》曰：茗柯词真得风人之义，以比兴出之，非一览可尽。尝为之注释以俟解者，久而未竣。其以齐学说经，时亦号常州派云。

张氏之说为浙派所非，则偏之为害也。嘉庆中，周之琦起而捄其偏。作《十六家词选》。唐温一家，五代南唐后主、韦、李、孙四家，北宋小晏、秦、贺、周四家，南宋姜、史、吴、王、蒋、张六家，元张一家。以究其本末，其心《白日斋词》七卷《金梁梦月词》《怀梦词》《鸿雪词》各二卷，《退庵词》一卷。一字不苟，觉厉氏于律之疏也。一往而深，觉张氏于意之浅也。周氏大梁人，可以接中原之统矣，而无门户之见者，亦曰文无古今，惟其是而已。

莺花近甸，鸿雪去程，依稀梦境堪觅。记否那回携手，汀波恋余碧。垂虹影，还自直。有几许倩魂消得。画眉冷，走马人来，鸥鹭曾识。　回念别离时，陌上香泥，罗带为谁拭。怕说绣鞯行处，鞭丝堕秋色。前踪认，如过翼，尽唤起暮愁千尺。断魂外，细雨恹恹，重问村驿。

右周之琦〔应天长〕词。按张祥河《偶忆编》曰：稚圭中丞《十六家词选》，各系一诗。记其于孙孟文曰："一庭疏雨善言愁，佣笔荆台耐薄游。最苦相思留不得，春衫如雪去扬州。"神韵极似遗山、渔洋论诗绝句，余为作序，刻《桂胜集》中。

陶梁作《续词综》十卷继之，以补朱氏所未备。嘉庆以来，词学复盛，职此故也。

翅冷西风，弄年年草色，低迷荒圃。花底一生，飘零旧香何许。残无换却繁华，浑梦里寻春无路。愁绪。只闲描瘦影，空阶来去。　佳约又前度，纵轻罗小扑，暗怜迟暮。那觅艳游，一点冷红款住。新图试拓滕王，早半脱粉痕金缕。芳侣问、南园再相逢否？

右陶梁"咏秋蝶"〔惜秋华〕词。按王汝玉《梵麓山房笔记》曰：述庵司寇作《词综补入》二卷，我邑凫香帘访又作《续词综》十卷，皆秘本也。其《红豆树馆词》直入宋人之室。

陶氏后，词学莫盛于吴。时以朱绶知《止堂词》、沈传桂《清梦盦词》、沈彦曾《关素词》、戈载《翠薇雅词》、吴嘉淦《仪宋堂词》、王嘉禄《嗣雅堂词》、陈彬华《瑶碧词》，为吴中词七子。戈氏精音律，于白石旁谱多所发明，以正万氏之失。其《词林正韵》亦足以正仲恒吴烺之失也。

鹭浴新凉，鸥盟旧梦，泫红摇碧。载酒寻芳，清香沁瑶席。西风未老，还自媚、歌裙游屐。凝立，斜照晚烟，对一蓑渔笛。　　惊鸿瞥影，环佩姗姗，凌波素罗湿。吹箫柳外，旧曲采莲识。可惜粉痕香露，不是故乡秋色。问九峰螺黛，知否碧城消息。

右戈载"皇甫墩观荷"〔惜红衣〕词。按《词学征微》曰："顺卿词以律名，故字字协律。"

七子以外，能词者极多。王寿庭《吟碧山馆》词尤杰出焉。

笙鹤遥天，盼一朵飞下彩云。声呜咽、暮潮千载，长伴琼魂。雁外青山连夏口，猿边红树接夔门。料往来、家国恨难忘，眉暗颦。　　神弦奏，芳藻陈。降霓旆，驻飚轮。听蜀鹃啼处，泪落清尊。大小乔非奇女子，英雄婿是左将军。拥佩环、犹想汉时妆，飘绣裙。

右王寿庭"袅姬庙"〔满江红〕词。按叶廷琯《感逝集》曰："养初诗词尤长于咏古，才力之雄，无与抗者。庚申，以布衣殉节。词先付刊，尚有印本，诗稿则无从问矣。"

黄燮清《倚晴楼词》，应之于浙，不独《清词综续编》

之可传也。

　　放船好，正水泛新萍，烟薰细草。认那时楼阁，垂杨又青了。悄悄小院春如醉，花气笼清晓。甚东风、簸艳吹香，作成愁抱。　　重省旧池沼，记前度吟秋，俊游都老。满地残红，苔径更谁扫？湖山尚有闲鸥鹭，无事还寻到。最销魏，一曲黄莺树杪。

右黄燮清"重过长丰山馆"〔探芳讯〕词。按陆以湉《冷庐杂识》曰："韵珊幼负才名，词曲尤妙绝。某闺秀慕之，嗣窥其貌寝而止，一如俞二姑之于玉茗也。"

查继佐《古今词谱》、舒梦兰《白香词谱》、叶申芗《天籁轩词谱》、许穆堂《自怡轩词谱》、谢元淮《碎金谱》，疏于律者颇便之。咸丰初，陈元鼎作《词律补》，六十字外，未成而卒，远在徐氏、杜氏之先矣。

　　素书曾托，自双鱼去后，绿波绵邈。倩燕莺、唤醒春魂，奈梦绕丝轻，泪掩花薄。镜夕钗晨，总未抵而今离索。惭恹恹病里，瘦减淡妆，懒裹灵药。　　芳尊漫斟下若，怅星期暗数，偏遇张角。念宋郎少小工愁，便艳冶光阴，等闲抛却。旧迹西园，已莫问翠蕤红萼。况凄凉数声杜宇，暮寒院落。

右陈元鼎"依片玉韵"〔解连环〕词。按江顺诒《词学集成》曰：实庵太史丁未通籍后，不入朝贵门，一于词，辑《词畹》《词律补》。避寇南下，并词稿失之。尝刻《鸳央宜福馆词》二卷，及殁，女孙德聪续刻一卷。太史与黄韵珊友善，浙派至二家词，叹观止已。

蒋春霖以常州人而从浙派，《水云楼词》二卷，其言情之作，皆感事之篇也。唐宋名家，合为一手。词至蒋氏，集大成矣。从子玉棱有《冰红词》，亦善承家学者。

记星街掩柳，雨径穿莎，悄叩闲门。酒态添花活，任翩翩燕子，偷啄红巾。篆销万重心字，窗影护憨云。甚飞絮年光，绿阴满地，断送春人。　痴魂正无赖，又琵琶弦上，迸起烟尘。鸿影惊回雪，怅天寒竹翠，色暗罗裙。黛蛾更羞重斗，避面月黄昏。教说与东风，垂杨淡碧吹梦痕。

右蒋春霖〔忆旧游〕词。按金武祥《粟香随笔》曰："谭复堂谓咸同之际，天挺此才。少陵，诗史也；水云，词史也。其与何廉昉《悔馀词》，各无一字相及，亦归奇之于顾怪矣。"《书录解题》曰：长沙书坊刻南唐二主以下号《百家词》。光绪中，王鹏运刻《宋金元人词》。一时仿之者甚众。零星孤本，萃于一编，尤非列入丛书者所及焉。宜乎半塘词之工也。

倚竹愁生珠未卖，算天寒同耐。当时悔嫁王昌，空怨吟谁会。　密意传罗带，望飞鸿天外。等闲便唤得春醒,应泪痕长在。

右王鹏运〔忆闷令〕词。按沈曾植《彊村校词图序》曰:"鹜翁给谏,以直言名天下,顾其暇好为词。词多且工,复校刻其所得善本于京师,以诏后进焉。"

拳匪之乱,联军入都,王氏以不及扈跸,乃与朱祖谋、刘福姚等约为词。其庚子作者曰《庚子秋词》,辛丑作者曰《春蛰吟》,此宣南词社之终局也。又十年而清帝退位矣。

交径新阴小,试吟袖剩寒犹峭。人意好,为当楼残照。　奈芳事轻随春去早,满路香尘酥雨少。随处到,恨罗袜不如芳草。

右朱祖谋〔天门谣〕词。按况周仪《蕙风簃随笔》曰:庚子乱作,鹜翁、沤尹、忍盦各纪以词。《庚子秋词》《春蛰吟》,皆实事也。沤尹尤深于律,同人惮焉。谓之律博士。

有清二百六十八年来,浙派主南宋,常州派主北宋。光绪中,冯煦主唐五代,作《唐五代词选》二卷,又驾而上之矣。再进则毛奇龄《西河词话》之主六朝乐府焉。再进则程明善《啸馀谱》之主风诗焉。甚矣!其好胜也。若夫汇刻词,于朱征与之《幽兰草》不书,不以方隅为域也。王鹄之《同声集》不书,不以官爵为宠也。吴中词七子则书,以其融二派于一,以臻于极盛也,撮其大者于篇,非略也。

第十一章 结 论

词者诗之余，句萌于隋，发育于唐，敷舒于五代，茂盛于北宋，煊灿于南宋，剪伐于金，散漫于元，摇落于明，灌溉于清初，收获于乾嘉之际。千三百余年以来，其盛衰之故类能言之，其详则博考而得之。清词之盛也，率归美于朱、陈二氏。朱失之妖艳，陈失之佚荡。奉教于曹氏，而大道未闻。陈氏"送云郎新婚"〔金缕曲〕词，一如滕霄"赠歌童阿珍"〔瑞鹧鸪〕词，令人不忍卒读。反不若彭孙遹〔卜算子〕词，其后片曰："身作合欢床，臂作游仙枕。打起黄莺不教啼，一晌留郎寝。"谁嫌其媟亵，犹得闺房燕好之正也。而又沿袭明词，出入于字句。万氏《词律》，适应其时。其以去声对三声，与玉田以平声字可为上入者相合。又非曰万说可以尽词也，词必以合律始，万说其椎轮也。由是而进之于《词源》之图说，又进之于白石之旁谱，再进之于《金奁》各集之宫调名，若梦窗自制曲，其旁谱无可考者则阙之。夫而知所以正犯，曰侧犯，曰偏犯，曰旁犯，曰归宫之周而复始也。所以曰减字，曰添字，曰近拍，曰捉拍，曰破子，曰摊破，曰转调，曰叠韵，曰摘遍，曰中腔，曰鬲指声之下一孔也。所以曰法曲，大曲，慢曲以手拍，缠令以板拍也。又所以曰慢曲用八均拍，破近用六均拍。缠令之拍颇碎也。《词源》又曰："旧有刊本《六十家词》，可歌者指不多屈。"美成且间有未谐，所当于少游、白石、梅溪、竹屋、梦窗数家，各取其所长而学之。是入歌尤难于合律，而合律不足以尽词矣。万氏通曲律，所作有《念八翻》《空青石》《风流棒》《锦尘帆》《十串珠》《黄金瓮》《资齐鉴》《珊瑚球》《舞霓裳》《金神凤》《藐姑仙》《焚书闹》《青钱赚》《骂东风》《三茅宴》《玉山庵》诸传奇，而不援曲以入词，则其慎也。其乡人多能词，侯晰《梁溪词选》，录秦松龄《微云词》、顾贞观《弹指词》、严绳孙《秋水轩词》、杜诏《浣花词》、邹璪《香眉亮词》、华侗《春水词》、顾岱《澹雪词》、朱襄《织字轩词》、华文柄《菰川词》、汤煃《栖筠词》、张振《香叶词》，僧宏纲《泥絮词》、邹祥兰《问石词》、顾彩《鹤边词》、蔡灿《容与词》、侯晰《惜轩词》、侯文耀《鹤闲词》、泾皋顾氏《栖香阁词》，凡十八家。缪荃孙《兰陵词征》，所录尤多，而不曰常州派者，无争心也。余则吴重憙《石莲庵山左人词》，录王士禄《炊闻词》、王士禛《衍波词》、宋琬《二乡亭词》、杨通侉《竹西词》、唐梦赉《志壑堂词》、曹贞吉《坷雪词》、赵执信《饴山诗馀》、田同之《晚香词》凡八家，而以乐章、姑溪、琴趣、审斋、懒窟、拙庵、稼轩、草窗、漱玉九家合之。一如王象晋以淮海及张埏《南湖词》为秦、张合璧也，不伦极矣。叶申芗《闽词钞》，丁丙《西泠词萃》不录清人词，职此故也。嘉庆初，常州派出。奉其说者，在吴则宋翔凤《洞霄词》，在浙则龚自珍《无著词》，以讫乎在桂则王鹏运《半塘词》。沟而通之者,则孙麟趾《七家词选》,录厉鹗《樊榭山房词》、林蕃钟《兰叶词》、吴锡麒《有正味斋词》、吴翊凤《曼香词》、郭麐《灵芬馆词》、汪全德《崇睦山房词》、周之琦《心白日斋词》凡七家。汪世泰《七家词钞》,录刘嗣绾《筝船词》、袁通《捧月楼词》、顾翰缘《秋草堂词》、汪度《玉山堂词》、汪全德《崇睦山房词》、杨夔生《过云精舍词》、汪世泰《碧梧山馆词》,凡七家。所以祛张琦《续词选》、张曜孙《同声集》之偏焉。潘德舆《养一斋诗话》极言张氏于词,门户太深,去取未审。谭献复堂词,又言《心白日斋词选》,亦词中疏凿手,而不及皋文保绪之高。此则各私所见者尔。冯煦以晏、欧专学唐五代为西江派,而以吴中七子为仿竹山之代字诀者,成肇麟和之曰:词之始非有一成之律以为范也,抑扬抗承之音,短修之节,运转于不自已,以蕲适歌者之吻而已。不知天地之道,自无而之有,人籁者继天籁而作也。惜抱谓文章由声音而悟入,故词亦由声律而悟人。别雅郑,究古今,与政相通,可以补《乐经》之阙矣。

附录一　词略

词者，意内言外之谓也。其旨隐，其辞微。言之不足，故长言之。长言之不足，故嗟叹之。后人作词之法，即古人言乐之法也。盖忠臣义士，有郁于胸而不能宣者，则隐喻以托其情，繁称以晦其旨。上不与诗合，下不与曲合。不知者以小道目之。胡不察之甚已？

乐府之钩元　郭茂倩《乐府解题》，其例以古词居先，拟作居后。古词必先列本词，后取入乐所改者。故得以考孰为侧，孰为趋，孰为艳，孰为增字减字。上起陶唐，下迄五代，诸体悉备，为乐府第一善本。梅鼎祚尝纠其以诗题而误列者而不足以为病也。

协律之改字　圣人以六律正五声，故言乐者必先以律。所惜者古乐不可以闻，古律亦不复见。汉武帝命李延年为协律都尉，取群臣所作，被诸乐府。有不协者，延年复多所增损。识者以为犹有赵代齐楚之音，而不足以言乐焉。后世改字之法，视此已。

歌辞之流行　自武帝以诗入乐，作《郊祀歌》，为列代歌辞之本。下迄东汉，所作益多，曰《郊庙歌辞》，曰《燕射歌辞》，曰《鼓吹曲辞》，曰《横吹曲辞》，曰《相和曲辞》，曰《清商曲辞》，曰《舞曲歌辞》，曰《琴曲歌辞》，曰《杂曲歌辞》，而以《朱鹭》二十二曲为最古。皆别于诗，盖专为歌而设者。

字义之索解 汉歌辞入魏后，其字句多讹，而《铙歌十八曲》为尤甚。若《临高台之收中吾有所思之妃呼豨》，刘履以为曲调之余声。按《乐录》有《羊无夷伊那何》，唐宋人词有《竹枝》也啰，知么知。寒么寒，若《阳关曲》。则助辞尤多，皆属于音节。以不解解之可已。

借题之发舒 曹操始借乐府以写时事。《薤露歌》《蒿里行》，皆指董卓之乱而作。《通典》录缪袭作《魏鼓吹·初之平》以下十二曲。韦昭作《吴鼓吹·炎精缺》以下十二曲。本《朱鹭》以下曲体，而易其名。考第四曲上之回以下，则各为句法。与汉曲不合，此变体之所昉也。

句法之变易 晋以后所作，始不复仿古。傅玄《车遥遥》即七言古。谢尚《大道曲》即五言绝。鲍照《梅花落》、梁武帝《江南弄》，复创为长短句。皆所谓新乐府体也。然而陶写风月，且流为闺房淫媟之辞。不得援香草美人，托寓言以自谢焉。无愁玉树，则固亡国之音尔。

词体之初起 乐府体、新乐府体，说者以为词体之所本。合之于法，有不可尽信者。考《古今乐录》，录东晋时人所作《女儿子》二曲，《休洗红》二曲，皆字句相同，声韵相合，若后人按谱而为之者，顾词家未尝言及也。殆所谓求诸千里之外，失诸耳目之间者欤？

无名氏《女儿子》二首

巴东三峡猿鸣悲，夜鸣三声泪霑衣。

我欲上蜀蜀水难，蹋蹀珂头腰环环。

无名氏《休洗红》二首

休洗红，洗红红色澹。不惜缝故衣，记得初按茜。人寿百年能几何，后来新妇今为婆。

休洗红，洗多红在水。新红裁作衣，旧红番作里。回黄转绿无定期，世事返复君所知。

小令之初起 候夫人〔一点春〕，言词者以为小令之初起。自后若沈佺期〔回波词〕变成、杨太真〔阿那曲〕、李白〔清平调〕、韩翃〔章台柳〕、张志和〔渔歌子〕、白居易〔花非花〕、刘采春〔罗唝曲〕，或五六七言绝句，或稍增损而已。刘禹锡〔抛球乐〕，则五言三韵，盖去诗犹未甚远也。

双叠之初起 唐人词以〔小秦王〕、〔瑞鹧鸪〕为最古。〔小秦王〕七言四句，〔瑞鹧鸪〕七言八句，皆单调也。李白〔忆秦娥〕、〔连理枝〕，始分二叠。〔菩萨蛮〕或疑其伪托，故不具论。后人以〔连理枝〕分作二首亦误已。白居易〔长相思〕继之而作。自是以后，三叠四叠，各体日出矣。

词集之初起 唐人词多附诗以传。至温庭筠《金荃词》，始别为一卷。时宣宗好唱〔菩萨蛮〕，令狐绹每倩其代作。故此体尤工。乐府所录，若单调之〔遐方怨〕、〔思帝乡〕、

〔诉衷情〕，双叠之〔归国谣〕、〔更漏子〕、〔河传〕皆所新创也。自是诗与词分，遂为万世不祧之俎豆云。

近词之初起 五代词莫盛于南唐。二主所作，尤为绝唱。固非唐昭宗、后唐庄宗所及也。若和凝、冯延巳亦不愧作者。其次莫如蜀至韦庄之〔菩萨蛮〕。世且以温、韦并称矣。无名氏八十九字〔鱼游春水〕一体，或疑其伪托，而非宋人所能为。盖近词之初起焉。

慢词之初起 宋初诗人多工小令。晏殊"无可奈何花落去，似曾相识燕归来"入诗固不若入词之合焉。仁宗时柳永始作慢词，多至百余字。其〔八声甘州〕、〔醉蓬莱〕二词，尤高雅不可及。而好用市语，以致不文。说者谓俗工改其字以便于歌者，理或然欤？

大晟之正宗 徽宗好作词，设大晟府。命周邦彦提举其事。邦彦精于律，集诸家之成，合新制为二百余篇。思力沈厚，为词家之正宗。然"天便教人霎时相见何妨"之句，已开北曲之先声。此亦天津桥闻鹃，有不解奚故者。盖消息甚微，而关系綦重焉。

词家之别派 世以苏轼辛弃疾词为别派。稼轩词十二卷，以多胜，经史杂书，信手拈用。苏词出于骚，忠爱之意，溢乎言表，辛则流于怨矣。所处又不同，辛顺而苏逆也。即以词论，琼楼玉宇，烟柳斜阳。二人之心术，于此亦见。苏以余力，辛以专力，第不病其率易尔。

白话之入词 以白话入词，始于苏轼〔如梦令〕。继之者黄庭坚〔鼓笛令〕、刘过〔天仙子〕、石孝友〔惜多娇〕，皆竟体不作文言。〔鼓笛令〕并用俗字，而词实不佳。若蜀妓〔鹊桥仙〕，"多应念得脱空经，是那个先生教底。"则清颇可诵，前后亦相称，固非俳词所得而藉口也。

诗词之分界 南渡后，慢词大盛。学柳则俗，学苏则粗。能出入二家，而通其驿者，莫如陆游。顾世不见重者，以为诗人之词也。自庆元禁道学，嘉定禁作诗。金主亮又好唱北曲，时会所逼而出之以词。字数多而意境狭，与当时国势相同。其用心亦良苦已。

闺阁之多才 李清照〔声声慢〕"寻寻、觅觅、冷冷、清清、凄凄、惨惨、戚戚。"一起连下十四叠字。后半"到黄昏点点滴滴"，复下四叠字，为独创之格。不独"帘卷西风、人比黄花瘦"之脍炙人口也。其妙在以上作平，以入作平之法。何籀〔宴清都〕叠下四远字亦准此。

词学之极盛 言南宋词者，率举姜夔、张炎，姜多自度曲，以清峭胜，张词微近于滑，而足以救吴文英之晦涩。余若周密、王沂孙、陈允平、蒋捷，人品高洁，不事二朝，其词皆有足称者。史达祖〔双双燕〕"换巢鸾凤"词亦佳，然而阿附权倖，为世僇笑。又好用偷字，盖品斯下矣。

国外之采风 辽道宗萧后以〔回心院〕词，为耶律伊逊所诬而死。周春《辽诗话》录高丽诗十四首，与宋词亦相近。西夏归朝官谓'有井水吃处皆能歌柳永词'，则西夏亦必有能文者。若金主亮"一挥挥断紫云腰，子细看嫦娥仪态"，则名为词而实近于曲焉。

中声之仅见 金人言词必曰吴激、蔡杜年体。蔡赠高丽馆伎〔石州慢〕词"风鬟雾鬓"贻笑外邦，吴〔人月圆〕词："南朝自古伤心地，犹唱后庭花。旧时王谢堂前，燕子今去谁家。"结曰："江州司马，青衫泪湿，同是天涯。"点缀成语，出以自然，所以谓佳，元好问犹非其敌尔。

正轨之将亡 自王恽来自金，仇远来自宋，而元始有词。张翥出奄，有南宋诸家之长。其慢词尤佳，若〔摸鱼儿〕、〔多丽〕诸作，字数愈多，其体裁愈密。无一曲语，所以谓工。唯〔记苏台〕结处"先生归也"，归应作去，疑误。而较北宋人词则力量差薄。其小令盖无足称也已。

弹词之别出 刘克庄诗，"身后是非谁管得，满村听唱蔡中郎。"说者谓弹词之体，盖实始于宋，一变为调话，再变为鼓词。虽其制不可考，亦词家之外编也。杨慎《廿一史弹词》、贾凫《西鼓词》，皆写其幽愤之作。其句法无定格，而出以文人之笔，故犹有称述之者。

新体之纷更 明人词以《花间》、后蜀赵崇祚编。《草堂》宋无名氏编。为本。故小令外，皆不可诵。杨基以〔多丽〕改入声，杨慎以〔六丑〕改个侬。王世贞尤负时名，而创为〔怨朱弦〕、〔小诺皋〕各体。句读音节，任意所为，而法律荡然矣。王昶辑《明词综》所录三百八十人，亦存其姓字之意尔。

图谱之妄作 张綖《诗馀图谱》、程明善《啸馀谱》、赖以邠《填词图谱》，其论词以白圈为平，黑圈为仄，半白半黑为平仄通者标于左。凡古人所作拗句，以意改作顺句。其错乱至不胜言，而当时奉为秘笈。沈谦、毛奇龄复作《词韵》，若奉以为法,其不为谬种流传也几希。

变雅之未成 清初词与明人同。彭孙遹《延露词》晚年尝自毁其板,非守绮语之戒也。论者以朱彝尊、陈维崧二家,可以牢笼一代。朱词淫艳,陈则学辛而不成,其不合律亦相等。厉鹗稍能用意。张惠言全不知音,而其说则可取。若浙派、常州派之争,则通人齿冷焉。

词律之考正 万树作《词律》析章句,别四声,其分三台万俟雅言百七十一字体为三叠尤有见。徐立本《拾遗》、杜文澜《校勘记》,复补所不逮。戈载亦有校正之作,惜不传。其论"鬲指"、"过腔"、"双拽头"之法,附见于所作《翠薇雅词》。若所辑《词林正韵》,亦有突过前人者。《词谱》凡八百二十六调,二千三百六体。万氏收六百六十调,一千一百八十体。徐氏补一百六十五调,四百四十九体。杜氏续补五十余调,大略具备。而句中韵,若〔惜红衣〕之故国、〔双头莲〕之向暗里念此际平仄互叶。若〔醉高歌〕之两起句,〔薄媚摘遍〕之"刚道为田园""一笑醉乡宽"。〔角招〕之一百七十字体。宜据姜夔作于第二句"何堪更绕西湖尽是垂柳",西字则通体皆合,而诸家未之言及,犹失之于疏也。

倚声之各家 乾嘉后,词家首趋于正者曰周之琦,尝录温庭筠以下《十六家词》为选家之善。本次则陈元鼎《吹月词》、王寿庭《吟碧山馆》词,亦近于宋人。而尤杰出者,莫如蒋春霖"少陵诗圣""白石词仙",盖身世之感深矣。若《金缕曲》之失律,则不能曲为之讳也。

音节之略说 郭麐《词品》亦言之成理。若〔琐窗寒〕"明珰翠羽游何处",何用平,盖误读宋词"黄金铸出相思泪",而未知以思作去者。又"锁窗深",深必作明。"粉蝶儿扑住花心",扑必作守。凡律所未言,即阴阳之别也。曩作《词律斠注》,惜毁于兵。兹编言学不言律。故略之。

　　论曰:词必以北宋为宗,固已。北宋法金荃,故其源与诗合。南宋法北宋,故其源与诗分。顾词之盛必曰南宋者何?盖故国之思,其用情有独挚者。陶写风月,而比兴之义存焉。彼过为高论者,矜其创见,必欲以上掩古人。卒之律法不谙,而天下受其病矣。噫!

附录二　花庵绝妙词选笔记

李太白〔清平调〕三首,是中国之古乐,是中国之古词。汉制氏《制乐》全出于胡人,非中国音律。

陈旸《乐书》曰:清乐为周房中乐之遗声(房中乐,郑玄《诗·周南、召南》为周房中乐),隋文帝平陈获之,以为华夏正声之一,本有声而无词(所谓清乐者,清平调侧调是也。侧调亦作瑟调,以各书改之,当作侧调为是)。姜夔《白石道人歌曲》曰:琴调之侧商、侧蜀、侧楚等,皆汉代所制,非三代之谱也。按琴曲有长清、短清、正平、高平、大侧、小侧等曲。北宋末、南宋初王灼《碧鸡漫志》曰:清、平、侧本三调名,皆属清乐。案明皇命太白赋〔清平调〕者,因偶不喜侧调,故改,命之专就清平二调中为之,可见其为琴曲。此隋文帝所以曰"华夏正声",非谓其果出于三代也。

后世不专以琴谱曲。

《唐书·乐志》曰:玄宗时所制新曲,皆以边地为名,如《甘州》《凉州》《氐州》《梁州》等等,玄宗喜之,命改立部为坐部(如舞部亦分为软舞、硬舞,详见崔令钦《教坊记》,与法曲、道曲于殿上合奏)。

中国古乐初亡于汉武,再亡于唐明皇。

明代无文学,明代之经学似是而非,词曲亦似是而非。

历代讲词者不少,讲宫调者不多,可见,宫调极难。

崔令钦《教坊记》是词家必读之书。

唐分为法曲、道曲、新曲,宋分为大曲、小曲,宋徽宗以后有南曲、北曲。

王世贞《艺苑卮言》曰:金人主中国,嫌大曲之淡而无味也,乃就中国之旧谱以筝琶奏之,是为北曲之始;南人又嫌北曲之急促也,乃改琴笛,以和缓之声奏之,是为北曲改南曲之始。

元好问《中州乐府》多选小词。盖元人以〔摸鱼子〕等词为大曲,专为贺喜、祝寿、应酬之用(详陶宗仪《辍耕录》),实则元之大曲与宋之大曲不同。

秦少游词卷三全属俳词。

方言俗语鄙陋不文者谓之俳词。白石无俳词,然太生硬,故不可学。此言虽出于常州派,然而其言是也。唐五代词无俳词,故必从唐五代入手,若孙光宪〔浣溪沙〕不能不谓之俳词。

唐词最好,譬如人之面目,可惜甚少,长调仅二首:一杜甫〔八六子〕,九十字;一钟辐〔卜算子〕,八十九字。

《碧鸡漫志》曰:引、近、慢、令、序皆好。唐中叶序已亡,惟姜夔《霓裳中序第一》(其小序曰:霓裳谱,今不传。下但言宫调,不言何以曰序)。考《碧鸡漫志》,霓裳曲分十二段(凡分段者皆大曲,如凉州大曲,分廿四段,是序者,乃大曲中之一段。后世大曲不传,故序亦不传。据白石词序考之,大约亦长调如八九十字体者,是与引、近、令无涉)。〔卜算子慢〕明是慢词,宋人张先、柳永皆有此体。因〔卜算子〕本属小令四十四字体,与此不同,故加"慢"字以别之。惟子野词(张先字)〔卜算子慢〕九十三字体,前后片中间各加二字短韵一句,其宫调同,可见,短韵二句本属和声(如曲中之衬字,在词中亦有虚字),与词实字(如曲中之本字)无涉。

片——词均有二片,一首词中间空二字,空以前为前片,以后为后片。

言词者以温庭筠〔河传〕为近词。窃意杜牧〔八六子〕九十字体亦属近词,非慢词也。因句法与慢词不同。宋人词〔八六子〕词最善、秦少游一首,南宋葛长庚《玉蟾词》至借秦词改作己词,全为神仙家言,其句法亦近词体,非慢词体也。何以为别,慢词无含蓄,近词必言近而指远,如《诗》之兴、比,慢词可用赋也。

《花庵词选》、由唐至北宋。《中兴以来词选》、由南宋而下。此本不好,因选其友的太多。《绝妙好词笺》。周密选的,他是南宋大家之一。此本是继《花庵》而选的,优于《中兴》本。

宋词七大家:周邦彦、北宋人。姜夔、史达祖、吴文英、王沂孙、张炎、周密。均南宋人。

言律南宋胜于北宋,言格北宋胜于南宋,言曲北曲高于南曲,散曲高于剧曲。

词必以温庭筠为第一,为其厚也。

"皱"、"瘦"、"透"三字是宋人论石,后人借以论词。"透",清利。"瘦"与"肥"对。诗不妨肥,词非瘦不可,如清人〔浣溪沙〕"寒窗愁听一楼钟",论者以为佳句,唯

"楼"嫌肥，能易"窗"字尤佳。肥之病必失之野，清人诗舒铁云（一等诗家）《瓶水斋集》，人笑为野才子。"皱"，清蒋剑人（敦复）论词以"皱"为上乘，"皱"即曲折，多使人一览不尽之意。"皱"与"透"相反，而两相成"厚"。张炎《词源》言周邦彦《片玉词》厚，《碧鸡漫志》以温飞卿为专作艳词侧曲（由于其立品不高也），而极重苏东坡词，唯苏词能得中声，不能得正声（此言亦太高。王灼颐堂向以《雅》《颂》为正声），《词源》温、韦并称（五代韦庄）。按韦词薄而温词厚，温犹之周邦彦，韦犹之张炎，相去甚远，张不能与周并，韦亦不能与温并，但曰温以秾艳胜、韦以清丽胜，不考其厚薄，尤观其皮毛也。

宋词开端于晏殊、欧阳修，二家均自言从南唐二主及冯延巳词入手。

唐词，兴也；五代词，比也；宋词，赋也。宋以下能得兴、比之体者极少，至清人词，若蒋春霖道咸人。《水云楼词》，颇能从唐词入手，故其品纯高，且胜于元之张翥《蜕岩词》（《知不足斋丛书》《彊村丛书》均有，共二本），因张词亦从宋词入手，尚得唐词之妙。

唐词亦唯李太白、温飞卿二家最妙。太白词《尊前集》所录五十余首，然细考之，皆系别人所作，误系之太白。且唐五代词，时有互见者，如〔更漏子〕"柳丝长"一首，或作温飞卿，或作南唐后主，或作冯延巳，或作牛峤，几不能辨其为何人所作，然以兴、比之体推之，此词全是兴也，即可见为唐词；又如〔蝶恋花〕"庭院深深深几许"一首，或作冯延巳，或作欧阳修，李清照《漱玉词》极言此词为欧公所作，且深得叠字之法，因效之，用为〔临江仙〕起句，以此言之，此词是欧公作矣，各本冯集、欧集皆有之，宋吉州本欧罗泌校注（双照景宋本）曰此中杂有冯词，又其词之浅近者，皆是刘煇伪托，可见未必全是欧公词，《碧鸡漫志》曰欧公词大半是他人所作，"庭院"一首全是比体，当是五代词；又如〔鱼游春水〕一首，"秦楼东风里"一首，诸本作唐词，《草堂诗馀》谓阮逸北宋人。女作，为北宋词，不知此词全是比体，必非阮女作，阮女词存者唯《花心动》一首，论词者皆知之，并无他作。

张炎《词源》曰：近时选本，黄昇（一作昜，字叔旸，别号玉林。少年应科举不第，乃弃之，专力于词，其词亦苏辛一派，故其选于宋人词多录欧、苏二家，《中兴以来绝妙词选》多录辛、刘二家）《花庵绝妙词选》及周密《绝妙好词选》二种最完善，草窗（密，字公瑾，别号草窗）选本尤在《中兴词选》之上。案黄选录唐五代词太少，宋词太多，宋词亦有不尽佳者，以其人而存之，不如周选之严，最多姜白石亦只十余首，余则仅一二首。草窗生于宋而没于元，其用意在表章宋词，首录张孝祥，以其与秦桧忤不附和也，唯录蔡松年（金右丞相）、仇远（元溧阳学正）与本意不合，此外皆与白石之志在中原同意，实在《中兴》之上。黄选有书名与各本不合者，如南唐中主〔望远行〕，各本皆作后主，唯陈振孙南宋人。《直斋书录解题》曰此词是中主作，借此可考见宋人相传说之旧。后人不知何故改作后主词也，明吕远刻本、毛晋钞本、清初侯文粲刻本均从其说，与各本不合，余若温庭筠、韦庄、牛峤、张泌各家亦有书名与各本不合者，唯张泌〔浣溪沙〕"枕障熏炉隔绣帷"一首，案《唐人说荟》曰是张曙作，唐人侍郎祎之子，是词是悼亡而作，细味之，是兴体，且末句"黄昏微雨画帘垂"七字，袁枚《随园诗话》亦以为是悼亡佳句，可见是曙词，唯亦可借以知宋人之传说也。

太白词除《花庵词选》外，仅有五首，〔清平乐〕三、〔连理枝〕二、〔桂殿秋〕一，《尊前集》所录之〔菩萨蛮〕非太白作。

杜甫诗圣自"三别"外（《新昏别》《无家别》《垂老别》），大约皆赋也，"三别"颇得比兴之体。唐人词则不然，专以兴体为之，所以其品极高。五代词专以比体为之，已下手唐人矣。唯唐人慢词极少，宋人多作慢词，后人以小令尊唐，以慢词尊宋，不知慢词亦可以兴、比体为之，何必专学宋人之赋体，如杜牧〔八六子〕，其意实指河北藩镇不服从中央而言，与《罪言》（《新唐书·藩镇传序》全录之）相似，而其词借宫人望幸兴之，深得兴体，与其诗不同，如《早雁》等作是赋体，故其词可居上品，诗不得居上品。诗自汉魏后，唯陶渊明诗不专从赋体，其余若李太白亦得之，余竟寥寥矣。

〔菩萨蛮〕

《词苑丛谈》疑李太白〔菩萨蛮〕是温飞卿伪托。《杜阳杂编》（唐末苏鹗著）：宣宗大中间女蛮入贡，珠络被体，危髻高冠，因刱为〔菩萨蛮〕词。案〔菩萨蛮〕始见崔令钦《教坊记》。《唐书·宰相世系志》：令钦乃玄宗时人。可见玄宗时有〔菩萨蛮〕，安得曰太白词为伪托，且温飞卿词秾艳，此词高远，与温十五首不同。

此词当在禄山入京、明皇入蜀时作，兴也。首句言朝政黑暗，次句指禄山入京，"高楼"，即《古诗十九首》"西北有高楼"，注："高楼"，言君也；后半首望诸将急速平乱，而后君臣可得归也。

此首以外，〔菩萨蛮〕若"游人尽道江南好"与"举头忽见衡阳雁"等等，皆非太白所作。

〔忆秦娥〕

〔忆秦娥〕本叶入声韵，改平声韵，明清初人有叶上去声韵者，非，而以叶入声韵为正体。

太白词后人多疑其伪托，唯〔忆秦娥〕一首无疑伪托者。

此伤安禄山之乱而急望收复也。"秦娥"暗指明皇，"梦断"言明皇不能恢复，而太子即位于灵武，以郭子仪为兵马副使以讨贼也；"霸陵"，汉文帝陵名，唐人折柳道别在灞桥，此不曰灞桥而曰霸陵，暗指明皇以奢致乱，不能如文帝以俭致治也；"乐游"二句言一盛一衰，乐游原在长安城外，唐人春秋游宴之处；咸阳，秦都，在长安西五十里，言咸阳，借秦之速亡以为鉴也。凡唐五代词"西风"、"残照"等字，皆忧乱之意，与"春风"、"朝曦"等字写太平兴盛之意相同；"汉"字代"唐"字，如白乐天《长恨歌》首句"汉皇重色思倾国"；"陵阙"二字连用尤奇，可见其用意之深。

细案之，此词叠用霸陵、乐游、咸阳种种地名，明人有以七绝一首每句用一地名，自言唐人已有此体。沈归愚尝议之曰：唐人有之，便不足为病耶？太白虽亦犯复，而语气浑厚，读者不觉其复，故论之者以此词为词曲之祖，不善学之，便不可读矣。诗词最忌犯复，此种词学之者必不易见胜。

〔清平乐令〕

〔清平乐〕二首，一言"春昼"，一言"秋夜"，虽应制而作，中亦寓规谏之意，昼宜作事而眠，夜宜眠而不眠，与隋炀帝〔夜饮朝〕二曲同一欣乐语，而实不同。

〔清平乐〕以太白词为正格，前半侧韵，后半换平韵，唯太白别一首，前后一韵，不换平叶，或疑其伪托，故后人亦无从之者。

〔清平乐〕二首应制之中仍寓讽谏之意。杨妃善霓裳舞，明皇宠之，以致春昼不理朝政也，此与白乐天《长恨歌》"春宵苦短日高起，从此君王不早朝"同意；第二首亦与《长恨歌》"后宫佳丽三千人，三千宠爱在一身"参看，极言杨妃专宠而明皇不悟也。

〔清平调〕

〔清平调〕向入诗。按陈旸《乐书》及《碧鸡漫志》皆当入词，不当入诗。明皇赏木芍药（牡丹），太白应制而作。此三首句句说花，句句夹写贵妃之美，而中间寓以讽谏，读之又使人不觉，所以称妙。

第二首"云雨"句用宋玉《高唐赋》，又用"飞燕"（飞燕为汉成帝所宠，宫中皆目为祸水，必灭汉火）为比，其规谏深矣，杨妃不以为怪，高力士以脱靴之恨，进谗于妃，妃怨之，遂言于明皇，放还山，终身不复用。

《高唐赋》以楚昭襄王惑于女色，而忘其父怀王为秦所欺，客死于秦而不知报，故设神女下降而作此赋。太白之意，言不可以女色而忘国政，故复言飞燕，其用意可谓切矣。

白乐天〔长相思〕

乐天〔长相思〕"汴水流"一首，本集不言闺怨，《花庵》或别有所据。"巫山高"，"高"字宜韵，不用韵者少。

唐人考试，每作闺怨诗词："妆罢低声问夫婿，画眉深浅入时无？"此张祜应试之作，其尤善者，"夫婿"指考官，"画眉"指场作者而言，即如秦韬玉《贫女》"蓬门未识绮罗香"一首，亦寒士考试不利，非真言贫女也。"深画眉"一首亦是此意，下一首有当别论。

"深画眉"一词必非闺怨，疑为应试不第而作。唐制，虽举进士，不过官县尉，若求大用，或试拔萃科，或试制诰，种种之科目极多也（县尉即清之典史）。

"汴水流"一词，必非闺怨，又非谈钱唐景，"吴山"二字虽曰凤山之别名，决非杭州。按此词当是香山官苏州刺史时作，香山尝为杭州、苏州刺史，入为御史，后贬为江州司马，终于刑部尚书。唐制重内轻外，凡出为州郡官皆曰左迁。又唐都长安驿路（三十里一驿），由河南经安徽亳、颍等处，再入江南，故先汴后泗，再曰瓜州（江南地）。"吴山点点愁"一句指苏州各山而言，因苏州各山统名曰吴山，不比杭州仅城内之山曰吴山。全词仍望入而内用之意，颜真卿官刑部尚书，贫而食粥，不肯外出，故见其重内轻外也。

王建诗

"三朝行坐镇相随，今上春官见少时。脱下御衣偏许着，进来龙马每教骑。常承密旨还家晚，独奏边情出殿迟。不是当家频说与，九重争遣外人知。"

王建，字仲初，举进士，与宦官王守澄情好甚密，结为兄弟，馆其家。德、顺、宪三朝，守澄恃宠专权，仲初与饮，以汉十常侍乱国微讽之，守澄大怒，执仲初所作《宫词》百首，欲诬以污蔑宫廷之罪，仲初作诗以解，遂绝。后守澄被诛，仲初亦免祸，出为陕州司马以终。

〔古调笑〕

〔古调笑令〕名〔调笑令〕。

别本"病"作"并"，"并"字不对。

此词原名〔宫中调笑〕，当指顺宗初即位，病喑，每朝置帘于座前，群臣奏事，由牛昭容代答，于是宦官等勾结为奸。古有宫扇，无团扇，折扇始于高丽，宋人入贡，一名聚头扇，宫扇以纨为之，班婕妤赋《团扇》即宫扇，宫中所用即故名。收句"昭阳"，宫名，皇后所居，极言牛昭容之专宠；"玉颜"句承上"病"字而言。

"金花枝叶"，别本作"金枝玉叶"。

此词指王守澄等宦官而言。凡诗词用"蝴蝶"，皆言其轻薄也。魏收北魏人。作《北魏书》，必索重赂，则为作佳传，如不与,则丑诋之,人呼之为"惊蛱蝶",极言其轻薄。

"君前"两句言其盛时,"日暮"用伍子胥对申包胥曰"我途穷日暮",即末路之意。

"睹舞",别本作"喑舞","玉"字作"平",语居切。此词指他妃嫔而言,昭容既专宠,他人皆不得进见也,收句点明作意。

凡入作平,皆阳平声,无阴平声;作上皆阴平声,无阳平声;作去声皆阳去声,无阴去声——词曲皆同。

"商人"句当作"仄仄平平仄平",如作"少妇商人断肠"则与词合,别本亦作"商人少妇",疑误不可从。

此词指宦官失宠者而言。"鹧鸪"用唐诗"吴王宫殿鹧鸪飞"。凡在君前而不得其所者,以鹧鸪为喻。宦官失宠者,或贬谪,或坐罪,曰"失伴",言视专宠者相去若霄壤也。

〔三台令〕

〔三台令〕六言四句调最古,唐初李燕作〔牧获子〕(见《崇文书目》),宋人改作〔穆获砂慢〕词,与原词不同。

〔三台令〕一名〔回波词〕,又名〔何满子〕,又名〔开元乐〕,均平叶,唯《赛姑》用仄叶,微不同此词,亦有五言绝句题。〔三台〕,万俟雅言体分三叠慢词。此二词当是顺宗病喑半年,朝政日非,群臣奉太子即位,是为宪宗元和元年而作。第一首言奉顺宗为太上皇帝。第二首"赭黄",别本"柘袍"似胜,"日色"二句言宪宗即位,不用垂帘与群臣相见也。

徐昌图

各本作：陈洪进据泉、漳二州，欲降宋，使昌图奉表入汴，宋祖留为博士，历官殿中丞；杨湜《古今词话》（今亡）曰唐肃宗时进士。其词皆唐二首，与官殿中丞者同姓名，实又一人也。《花庵》列于张志和之前可为证。

〔木兰花令〕

〔木兰花令〕七言八句，一名〔木兰花〕，一名〔春晓曲〕，一名〔玉楼春〕，皆平起（凡诗词首句首字为平声者谓平起，仄声者谓仄起）。周济紫芝《宋四大家词选》曰"平起者名〔木兰花〕，仄起者名〔玉楼春〕"，非也。柳永《乐章集》、张先《子野词》、晏几道《小山词》皆平起，半曰〔木兰花〕，半曰〔玉楼春〕，其宫调各不同。此词属双调，见《尊前集》。

此词名曰寒关，昌图词确是唐音，得兴体也。当时指张后、李辅国内外勾结，以蒙肃宗，使与明皇父子不相见，明皇幽居南内，郁郁而卒。"孤鸾"指明皇，"双鸾"指张、李二贵，收句言父子不相见，斥肃宗之不孝，"一剪"句言小人乘隙而进，"汉宫"二句言后之才貌。

张志和

原名龟龄，肃宗时待诏翰林，后贬官南海尉，乃弃而归隐，作《渔父》以见志。

〔渔歌子〕

〔渔歌〕原名〔渔父〕,东坡有〔渔父〕词四首,与此不同,乃东坡自制曲,他无作者。

〔渔父〕调平仄可不拘。《金奁集》有志和〔渔父〕词十五首,与此不同。又宋高宗和志和〔渔父〕词十五首,用韵与《金奁集》十五首原韵同,亦与此不同。陈振孙《直斋书录解题》有言:《真子渔父词碑传集录》一卷云南卓、柳宗元诸人皆有和志和〔渔父〕词。黄山谷书之,作志和〔渔父〕词,故合《李卫公集》所载(志和集不传,〔渔父〕词五首附见李德裕集),共二十首。《彊村丛书》据曹元忠考定,《金奁集》十五首为南卓、柳宗元诸人和作。《卫公集》所录五首为原作,其误始于黄山谷,宋高宗沿其误,至于今反以原作五首为不足凭,不可不订证也。

志和隐于太湖,西塞山在浙江湖州,松江在江苏,皆与太湖接近,霅溪即湖州城河。《湖州通志》以志和隐于湖北之黄州,谓西塞山在黄州,又以巴陵为证。按巴陵在湖南,非湖北,陶渊明《桃花源记》"武陵人捕鱼为业",巴陵疑武陵之讹。武陵亦在湖南,此不过用典,非指所居之地也。

五代闽陈后金凤〔乐游曲〕二首:"西湖南湖斗彩舟,青蒲紫蓼满中洲。波渺渺,水悠悠,长奉君王万岁游。"《词律》曰:〔乐游〕与〔渔歌子〕平仄不同,当别是一律。按《金奁集》及宋高宗和词共三十首,其平仄有与〔乐游曲〕相合者,可见其为一律,《词律》非。

温庭筠

飞卿以〔菩萨蛮〕为最著,张惠言之《茗柯词选》以为皆感士不遇之作。〔菩萨蛮〕今传者十五首,唯一首咏泪,余皆为应举不第而发。宣宗爱唱〔菩萨蛮〕,令狐绹命飞卿代作,嘱其勿语人。而遽为外人所闻,绹由是疏之,飞卿遂终身不遇而卒。

"小山"一首当是初应试时作。"新著",别本作"新帖",用此二字,可见其预备考试情形,"小山"句忧主试者之不明也。唐诗"纪央绣出从君看,不把金针度与人","度"字即传授新法之意,用一"懒"字、一"迟"字,与首句同意,"照花"二句言己之文章绝妙。

"南园"一首,不第后之作。"杏花"指进士,至清犹然（秀才采芹,举人攀桂,进士探杏）。唐时进士试在二月举行,放榜在清明前后。"轻絮"二字指凡应试者而言,含有轻薄之意,"斜阳"指得第者,下接"零落香"三字,含有藐视之意;后半言自己不第,大发牢骚,故曰"无言",又曰"无聊"。凡用"屏山"等,皆指蒙蔽重重也。

"翠翘"一首,当指令狐绹青琐宰相,在宫中办事处。唐时宰相五日一休沐。"玉关"指吐蕃之乱,白敏中出而平之,绹同为宰相,一无表见也（即河湟之役）,"双"字指宰相不止一人,"细"字指河湟之乱起于宪宗时,延至数十年,朝廷目为小乱而不急也,"池上"四句言在朝者知有富贵,不知治事也,"飞蝗"二字指绹以小人之才而居大位也。

"水精"一首，此词关键：前片在"帘"字，后片在"隔"字。

孙光宪《北梦琐言》曰：沈询知贡举，知飞卿之专为捉刀也，乃别施一席，使与他人隔。事毕，谓之曰：我潜救人矣。

"水精"、"颇黎"言欲其明于论文也，下接"暖"字，亦望吹嘘，若黍谷回春之意，"江上"指询，询江南人，"雁飞"句言其不明也，"藕丝"二句以喻文章之妙，"人胜"即方胜，言己之登第亦无望也。

唐五代词用"帘"字，除考试外，则指人君垂听政而言，用"屏山"则指蒙蔽而言。

〔更漏子〕

"柳丝长"一首，《尊前集》作南唐后主词，非，各本作温词，是。此数词皆专指令狐绹而言。"阁"字指宰相。唐诗："经纶阁下文章静，钟鼓楼上日月长。"此指相臣在官中治事而作。《唐书》：不经凤阁鸾台不得曰敕。

懿宗即位，出为淮南副大使，安南平，以馈军功，封梁国公。庞勋作乱，绹欲抚之，俾将李湘曰："勋既反我，宣守高邮，其地厓峭水狭，敌不能进，一举可灭也，否则，彼得徐、泗，不可治矣。"绹不听，勋入徐州，其众六七万，乏食，兵跛，滁、和、楚、寿等州粮尽，啖人以饱。诏以绹为徐州招讨使，勋诈请降，绹喜，勋袭湘，垒醢湘，悉俘其众而食之。诏贬绹为太子太保。

〔清平乐令〕

此调宜称〔清平乐〕,不宜加"令"字。案吴城小龙女〔荆江亭〕一首,原名〔清平乐令〕,与此调不同。

"帘卷曲栏独倚,山展暮天无际。泪眼不曾晴,家在吴头楚尾。数点雪花乱委,扑漉沙鸥惊起。诗句欲成时,暮入苍烟丛里。"此是〔清平乐令〕,为四十六字体,与〔清平乐〕四十六字句法不同。万红友《词律》名之曰〔荆州亭〕,杜撰。

"洛阳",此词为不第而作。飞卿,太原人,不曰太原而曰平原,"年少",犹之白香山《长恨歌》不曰唐皇而曰"汉皇重色思倾国"之意。唐都长安,而曰洛阳,与上同意。"杨柳"三句描摹失意之状,先曰"愁绝",又曰"愁杀",非犯复,乃呼应也。

〔河传〕

〔河传〕以温词为最早填者,宜奉以为法。此词凡廿余体,皆在其后。温词共三首,别二首。"烟蒲花桥路遥"六字作一句,"桥"字不叶韵,唯论者以此一首为正格。

此词为令狐滈而作。滈,绹之子。滈未尝举进士,妄言已解,绹为相,滈受李琢贿,言于父,用琢为安南都护,以致叛乱,时目为白衣宰相,迁右拾遗、史馆修撰,为左拾遗刘蜕、起居郎张云所劾,绹为其累,罢相,出守淮南,滈亦终身不振。

"郎马"用《后汉书》:"行行且止,避骢马御史。"拾遗、御史皆言官,"荡子"明言滈无行,"闲望"及"路遥"、"梦"、

"迷"等皆指其妄言已解也,于收句"不闻"二字点明。

韦庄

《词源》论以温韦并称,其实二家派别不同,温以浓厚,韦以明浅,其厚薄相隔甚远,唯五代诸家自南唐后主外,必以韦端己为第一。

端己世为宰相,复以龙纪元年进士,官侍御史,奉昭宗命入蜀宣谕王建,建留不遣,建称帝,以为相。

〔菩萨蛮〕

"洛阳"一首,关键在一"魏"字。朱全忠为宣武节度使,劫昭宗迁都洛阳。

庄,京兆人(即长安),不曰京兆才子,而曰洛阳,与温飞卿"平原年少"同意。宣武驻汴梁,七国梁亦称魏,魏王指朱全忠。"此时"句指其篡弑,"桃花"二句指贪富贵者而言,用"桃花"二字,极言其轻薄,"浅晖"指唐之将亡,"君"指昭宗。

〔应天长〕

〔应天长〕起句,均作五字句,如南唐后主词"柳堤芳草住"。唯此词作三字两句,疑中有虚字,尤曲之有衬字也,"天"字疑即虚字。收句"否"字向属尤部,鱼虞部无此字,唯五代宋词用"否"、"负"等尤部字入鱼虞部者甚多,戈顺卿《词林正韵》始补收之,复注明曰:此俗音也。

此同指全忠篡后,王建自言为昭宗复仇,未几称帝,亦不言复仇矣。唐之将亡，其大臣勋戚闻王建好贤，相从避乱入蜀，故蜀得人最盛。庄则奉命宣谕，与众不同。"绿槐"句，三公曰三槐，九卿曰九棘，言三公无人也。《诗》："巧言如簧。"指佞人也。"黄莺"即如此。后半片明言思故君。

〔清平乐令〕

端己为王建所留用，以为相，似乎相待甚优，所以有"罗带悔结同心"之句，既而，见其不能为唐复仇而据有一方，便有歘然自足之意，故有"梦觉"二句。"半床"之"半"，"小窗"之"小"字，五代人词凡用此等字，皆指割据一方不能统一天下而言。张泌〔浣溪沙〕十五首，几大半皆用"小庭"、"小窗"、"小溪"、"小栏"、"小市"等字，尤其明显。

此词前半片以"香闺暗老"四字，以喻己之不能有为，奉命入蜀，思故君而不见也。

〔小重山〕

端己有宠妾，能歌舞，王建托以教宫人留之宫中。端己思之，不置，遂作〔小重山〕、〔荷叶杯〕等词。后此词传入宫中，妾见之不食而卒。

〔谒金门〕

〔谒金门〕词疑亦为此而作。

〔木兰花〕

〔木兰花〕本仄韵，七言律诗（○○△△○○△，△△○○○△△。四韵同），创于温飞卿原名〔春晓曲〕，后人改曰〔木兰花〕，后蜀后主孟昶改曰〔玉楼春〕，平仄同。周济曰：平起者曰〔木兰花〕，又曰〔春晓曲〕；仄起者为〔玉楼春〕（△△〇〇〇△△，〇〇△△〇△。仄起）。按常州派均不知律，专重用意，止庵周号。所论非也。小山词〔木兰花〕、〔玉楼春〕各十余首，均平起，张先《子野词》，柳永《乐章集》亦均平起，唯柳永有仄起一首，曰〔木兰花令〕，与韦庄此词同。韦词第三句作三字二句，柳词则作七言一句，又韦词后半片换韵，柳词不换韵，此其不同者。至〔木兰花〕、〔玉楼春〕之别，盖用律不同，非平起仄起之别也。徐昌图〔木兰花〕一首，《尊前集注》明曰属双调，《子野》《乐章集》亦皆注明所属，唯《小山词》无注，亦可借张、柳二家所注，参考自悟也。

薛昭蕴

薛昭蕴，前蜀侍郎。唐之末，诸故臣多避乱入蜀。蜀王建初闻朱全忠之篡，力言必为唐故主复仇，故仍称天复四年，唐之故臣皆乐为之用；既而，遂自为帝，亦不言复仇，而荒于酒色，诸故臣有心乎唐室者，多致不满。如韦庄以奉昭宗命入蜀，与诸故臣之避乱而来者不同，王建虽用以为相，而庄颇不为之尽力。其余诸臣，有贪建之爵禄者，有力为建谋统一者，有借事纳规谏者，有遇事寓讽刺者。读前蜀人词，皆当用此数法，便豁然贯通矣。总之，五代词必须先考求其人所处之地、所处之时、所遇之人，皆须一一看清，不可混同而论，此要诀也。

读词必读五代人词。词莫盛于五代。唐人辞不过发其源，宋人词不过扬其波，唯五代人握其中坚，上集隋唐之成，下启宋元之盛，而令、引、慢词各法皆五代人开之，故五代人之诗之文均不足观，唯词则千古无以胜之也。

〔浣溪沙〕

此词用"楚烟"、"湘月"、"吴主"、"越王"四国，楚指马殷，湘指高季兴，吴指徐溥，越指钱镠，盖言此数国皆割据一方，楚、湘地与蜀为临。"握手"一首言近交之策不可恃也，故以"两沈沈"三字寓意。"倾国"一首言吴、越与蜀相隔甚远，远交之策亦不可恃，且吴、越二国亦不能统一天下，不久亦将亡也。此二词大意为，前蜀谋自立计，与他国联盟未必有益也。

"意满"二句，用"满"字、"深"字，连环句法，究属小样，不必学。

〔小重山〕

一"春"一"秋"，与太白〔清平乐〕一"春"一"秋"同，此二词皆思故君之意。"至今"一句，点明二词作意，"长门"、"玉阶"、"昭阳"皆指唐故宫。

〔谒金门〕

〔谒金门〕一词，悲唐之亡也。后半片极写故宫荒凉之象，"金铺"二字指宫殿而言（金铺，门也）。首句言唐之盛时，第三句言唐自内宦擅权弑立出于其手，而为之君者，犹未悟也，"双语燕"三字言在廷诸臣皆以巧言蒙蔽君听也，收句"频"字言其盛其衰如同一梦也。

牛峤

牛峤，字松卿，为唐宰相牛僧儒之后，入蜀，官给事中。

〔更漏子〕

此词当是避乱入蜀时作。首句"南浦"出江淹《别赋》，指别故都而言，"两人深意"言非梁篡唐即唐灭梁也，"低翠黛"三句言避乱出行之象，后半片"还是去年时节"一句，指王建仍用唐正朔，且言为唐复仇，收处三句，仍会有望唐复兴之意。

〔菩萨蛮〕

"舞裙"一首，当是王建称帝后作。"惊残梦"三字言为唐复仇非其真也，"辽阳"指后唐李克用为晋王，亦言为唐复仇，非灭梁不可，晋都太原，先灭燕，后与梁战，遂灭梁，梁末帝自杀，"玉郎"言唐故君，晋为唐报仇，未几，遂自称帝，而唐亡矣。

张泌

张泌，字子澄。泌在唐官勾容县尉，上万言书，后主奇其才，用为御史，历官中书舍人，书虽不传，其大指先治内政，后兴兵力，以统一天下（南唐自称唐宪宗第四子之后），可以复唐之业也，略见马令、北宋人。陆游南宋人。两《南唐书》。

泌〔浣溪沙〕十五首，皆用一"小"字。"枕障"一首非泌作。《唐人说荟》：唐张侍郎祜有妻丧，悲悼之甚，其子曙为此词，祜见之曰：此必阿灰作也。后人以"黄昏"、"微雨"、"画帘"等字为悼亡之用，袁枚《随园诗话》亦以此为悼亡佳句。

子澄词以〔浣溪沙〕得名，其词均以"小"字寓偏安不可久之意，与所上万言书用意略同。首句言为君者如能开诚布公，则天下事无不可为，次句言既无力而又慵于为政则不可，第三句言荒于色也，"微雨"句言国势可危，"燕莺"句言在朝多小人也，"杏花"句自喻，言不能用其计以统一天下也，以"东风"作收，寓所望于后主者甚深，故以兴复唐之祖业相责也。

〔**满宫花**〕

〔满宫花〕名曰宫词，似乎极写宫中行乐之象，而语语有沈痛之意。起二句极写春景，以寓国家初兴景象，第三句接"寂寞"二字，言无人为政则国家不保，故以"上阳宫里"四字点明，"帘"指人君垂帘听政，此二句言如荒于色则不能勤于政也，故以"冷"字点明；后半"娇燕"、"公子"皆暗指后主，"黄莺"指佞臣之巧言如簧也，"细雨"即《易经》之"履霜"、"坚冰"，《诗经》之"先集维霰"也，收句言"东风"，又言"清明"，言国家有可为之时而无如其"沈醉"不醒也。此词深责后主。

〔**江城子**〕

二首，冯延巳《阳春集》亦有之，各本有作冯词者，亦有作张词者。案此二词均有"小"字，与子澄他词相同。《古今词话》言子澄以〔江城子〕得名，亦其证也。

浣花溪在四川成都，即工部避乱入所居之地。子澄，南唐人，而忽言蜀，即暗指蜀主王建昌言复仇，而唐之故臣信之，相从避乱入从，蜀多为之用，不知建遂自称帝，置前言于不顾也。

毛文锡〔醉花间〕

〔醉花间〕，《词谱》以为即〔生查子〕，其实不同，二者第三句以下皆同，唯〔生查子〕首句系五言诗句法，〔醉花间〕首句系三字二句。又冯延巳《阳春集》有〔醉花间〕四首，四十九字体，与此不同，当是又一体。侯文灿汇刻《名家词》内南唐二主词〔谢新恩〕一首，亦四十九字体，又误多一字，此字作囗，下注曰：此字缺。案此词与冯〔醉花间〕同，自是〔醉花间〕，非〔谢新恩〕也。叶申芗《天籁轩词谱》据侯本之误而不细考，徐本立《词律拾遗》又承叶氏之误，此不可不辨也。

毛体系四十一字体，为正格。

"冉冉秋光留不住，满阶红叶暮。又是过重阳，台榭登临处。茱萸香坠紫，菊花飘庭户。晚烟笼细雨，雍雍新雁囗一作秋，误。声愁，恨年年长似。"此侯本南唐后主〔谢新恩〕词，叶本收二句作"雍雍新雁咽寒声，愁恨年年长相似"，以冯词体校之，当作"雍雍新雁咽寒声愁，恨年年长似"，"紫"字、"似"字以支微、鱼虞二部通叶，宋人亦常有之，盖此二字冯词二首均用韵也。又按此与毛〔醉花间〕大略相同，唯首句六字改作七字一句，次句平仄掉转，三四句同"茱萸"二句，与毛第二首后半起处同。"雍雍"句多二字，当是虚字，唯多"晚烟"五字一句而已，当是又一体。凡所谓又一体者，皆就正体改定，或增或减之也。

评毛文锡词

叶梦得南宋人。《避暑录话》曰：五代人词以毛司徒为最下，诸家评庸陋词，必曰此仿毛之赞成功而不及者。其实司徒词和顺之中亦多稳洽，唯无甚寓意，此不足取。案五代词以张泌命意最深，唯其人多遗行少邻，入宋后又以私怨争吴越王谥，故时论薄之。

"春水"二句言贪富贵者多也，"偏意"二句言王建无意于为唐复仇也，"风摇"二句亦与"春水"二句同意，"玉佩"二字点明，"银汉"二句深致不满之意。

论〔何满子〕

〔何满子〕，唐词只六言四句，五代词加作六言六句，宋词加后片，复于第三句改作七言诗句法，后片亦然。

"对镜偷匀玉箸，背人学写银钩。系谁红豆罗带角，心情正著春游。那日杨花陌上，多时杏子墙头。眼底关山无奈，梦中云雨空休。闲几许怜才意，两娥藏尽离愁。难拼此回肠断，终琐定红楼。"此晏几道〔何满子〕词，宋多从此体，"红豆系谁"一作"系谁红豆"。

此词收三句寓思故君之意。毛司徒亦以避乱入蜀，而为王建所用，以直谏贬茂州司马，前蜀亡，亡后唐为内廷供奉。"红粉"句言蜀主荒于色，"碧纱"句言佞臣之多。

〔更漏子〕

〔更漏子〕词中用"丁香",言心也,贺铸忆故妓,为作丁香结词,与此同意。此词言我心之所用意,非在廷诸之巧言乱政者所可比也,故收句以"双燕"二字点明。

牛希济

牛希济为牛峤之兄子,随峤避乱入蜀,官翰林学士、御史中丞,前蜀亡,入后唐为雍州节度副使。

〔生查子〕

后片起句为五字句,希济别一首及他家所作皆同,"已"字明是虚字,与〔醉花间〕毛文锡词前片起句须用三字二句者不同。希济生平无甚表现。此词收处二句"记得"二字、"处处"二字,可见其不讲气节矣。唯其词语和平,无一毫局促之态,所谓庸人多厚福也。

〔谒金门〕

〔谒金门〕一词当是蜀初亡时作,大有穷无所归、前涂荆棘之叹,后半恸蜀之亡,尚有恋恋故君之意。

欧阳炯

欧阳炯,前蜀为学士,入后唐为内廷供奉,后蜀后主孟昶为宰相,专权误国,国人恨之,号为五鬼之一,蜀之亡与有力焉,入宋为散骑常侍。五代词人人品最下者莫如炯,其论词曰：欢娱之词难工，愁苦之音易好。故其所作专为欢乐之言。时代屡变更，初无故国故君之念，盖其人知有富贵，而不知有名节者也，与前蜀之李珣、后蜀之鹿虔扆适得其反。

〔浣溪沙〕

收句可见无主见，前半曰"思眠"，可见其终日醉生梦死中，"独掩"句亦用以"愁"字，然读之毫不觉愁之音，此唯炯擅长。他于亡国之际，虽故作欢娱之词，终不免愁苦之色也。炯及其弟彬皆为后蜀显官（彬为尚书左丞，出为宁江军节度使，有〔生查子〕词："竟日画堂欢，入夜重开宴。剪烛蜡烟香，促席花光颤。待得月华来，满院如铺练。门簌骅骅，直待更深散。"见《尊前集》），而皆兴事业，可见又专为欢乐之词，一无寓意。唯其所取创之〔三字令〕一词，专用三字句，音节虽促，而语气极其自然，后人意无有继之者，此亦其不可及也。言五代词必以炯及韦庄二家首称，一以悲怨，一以和平，二家各有擅长，不以人废言，斯可耳。

炯词但须玩其组织字句、调和音节，虽处困境，一无怨言，此非五代当时人所及。

和凝

和成绩作词共千余首，自刻板以传，名曰《红叶稿》，后为宰相，每作小词，必托为韩偓所作。契丹人入朝，亦呼之为曲子相公。当时人以凝作相，毫无表见，深为不满，呼《红叶稿》为"诒痴符"（颜之推《颜氏家训》曰：江南人有自刻稿，不愿为人讪笑者，为"諗痴符"）。按在当时其名位、物望与冯道相等，道善为诗，有诗集廿卷，今不传，所传者"但求行好事，不必问前程"一首；凝善为词，今其集亦不传。二人皆身将政府，历事四朝（唐、晋、汉、周），道主政事，后周郭威之篡，亦必得冯道一言，故长乐老之，恶名更甚于曲子相公；凝主文章，主试时，得范质卷以衣钵传之，质果为宋太祖相，世以为知人故，史亦不加苛论也。

后唐时，凝为翰林学士、知制诰，后晋时同平章事，后汉时太子太傅，封鲁国公，后周时加侍中。言词者皆以凝为后唐人，与《五代史》以凝属后周不合意，其词多在后唐时作，及后晋时为宰相，其所作则托名韩偓，故《花间集》《尊前集》所收者《红叶稿》中所有，若诡托他人名者，均所不收，故以后唐人称之欤。

后唐庄宗善音乐，既灭梁，志渐侈，日与伶人戏，伶人有官刺史者。欧阳修《五代史》特创《伶官传》（今梨园所供奉为翼宿星君者，俗传为唐明皇，非也，即后唐庄宗是）。后为伶官郭从谦等所弑。凝〔采桑子〕一词，极描写庄宗身为优伶，置国事于不问之意。收处用"无事"二字、"翻教"二字，无非言优孟衣冠，全是代戏中人，设身处地、喜怒七情皆非我之本性也。前片"椒户"二字，《汉书》曰：帝后所居之室，以椒涂墙壁，故曰椒房（辽王鼎《焚椒录》亦言辽道宗萧后遇谗而死，故曰焚椒）。下接"闲时"二字，名言庄宗以游戏为乐，不理国政也，其余诸句亦极力描写红毡氍歌舞妆饰之华丽，盖庄宗以身登场，自呼曰"李天下"，为伶人所辱，亦不以为忤。欧史《伶官传》详言之。"竞学"一句，凝盖不便明言，故以"睹"字、"樗蒲"字代之，其实言庄宗与伶人赌胜负，如伶人胜，则予以官，亦见欧史，此词当如此读。

〔喜迁莺〕

《南唐书·冯延巳传》曰延巳有〔鹤冲天〕词最著名，即此词也。《花庵》以此词为和凝作，今本《阳春集》亦作冯词。细案之，其语气当是和作，与冯词不合，冯所中主、后主时代，其君臣遇合，非若和在后唐弟主文事而已。

"晓月坠"句指庄宗立刘氏为后，不以正也。刘后父卖药善卜，号刘山人。后性悍，与诸姬争宠，常自讳其事，庄宗乃自饰为刘叟负药囊，命其子继岌提破帽而随之，至后所，曰刘山人来省女。后大怒，笞继岌而逐之，宫中以此为笑乐。"风"、"月"字均指后，犹之"日"指君也，"宫漏出花迟"句，群臣入朝日侍漏下，接一"迟"字，其耽于逸乐而怠于听政已在言外，"红日"句言庄宗手创天下，为开国之君，使勤于为政，则天下可以复见太平也，此"日"字指君，与前片"月"字相应。

"春"字指国家之盛，接一"浅"字，言新创之国，国基未定，未可以为太平也，"严妆"二句，极言庄宗能恭己莅朝、宵旰不倦，则国家可以万年，故以"万年"点明，"黄鹂"指小人，言小人贪利，如听其言，则万年之国家亦不可保，故曰"飞上"。小人当指伶人周匝、景进、史彦琼、郭门高（即郭从谦）等，皆以伶人为大官，景进尤宠，凡国事皆与参决，孔谦为三司使，以兄事进，呼为八哥，进官银青光禄大夫、上柱国,彦琼官武德使,居邺都,凡留守以下皆俯首听命,从谦官从马直指挥使,掌亲兵,伶中惟敬新磨不为恶。庄宗时别无小人,惟此数人而已,然而,身死国亡,皆在此数人之手也,故欧史深以为戒。

〔薄命女〕

"冷霞"之"霞"字无作平声者,冯延巳〔长命女〕词作"一愿郎君千岁","愿"字去声可见。别本或者"冷雾",或作"冷露",当从"雾"为是。

《隋书·天文志》：北辰之垣,是谓帝星,帝星之前曰太子星。故太子曰"前星"即本此。后唐庄宗有子继岌,封魏王,不立为太子,命之伐蜀,为元帅,明郭崇韬为副元帅。蜀既灭,伶官等怨郭,怂恿于刘后,刘后以教（时刘后专权,所下命曰教,与帝诏并行）,命继岌杀崇韬,并杀其三子,诬以谋乱,故族诛也,蜀人不服,遂作乱,杀继岌于军中。"窗里星光少"句言继岌既死,以立太子为急也,"残月"句言刘后专权太过,物极必反,其势可危也,其余各句,无非言庄宗荒于酒色不理国政也。

〔小重山〕

此词全言伶官专政。"莺"、"蝶"指伶官,"滑"字、"狂"字言伶官之滑而狂,上冠以"禁林"二字,言在宫中无恶不作,"晓桃"句指刘后亦听伶官之言而妒悍更甚,收处点明"笙簧",可见此词言伶官专政之本意,"御沟"句言庄宗如澄清百政,则亦可与为善,无奈其转入下流也,"微雨"二字即《论语》"肤受之诉"之意。

顾夐

夐，后蜀官太尉，先于前蜀王衍时为小官。衍尝命群臣饮酒作诗，及夐，终日苦思，仅成一句。群起观之，乃"到处不生草"，群大笑。唯作小词和平雅正，与诗截然如出二人，斯不可解。

〔河传〕

创自温飞卿，五代人作此词者极多，凡分十余，至宋人又加二体（即〔怨王孙〕〔月上梨花〕），共为廿体。"岸花"句，各家均作七言句，此句亦以有"共"字为是。

顾夐在前蜀官不显，在后蜀官至太尉，未入宋而卒。〔河传〕词所谓离恨者，明指后唐命郭崇韬伐蜀，蜀主王衍不战而降，崇韬受其降，使之率全眷入洛阳，未中涂，庄宗使人杀衍。

由蜀入洛，自重庆泛舟渡三峡而下，"不知何处"一句，名言其去而不归也。衍宠用王昭远，命之将兵，昭远自命为诸葛后生，手后铁如意，自夸曰"我必灭此而朝食矣"，士卒素不服昭远，及战，不战而溃。崇韬凡出师七十日而全蜀平。李白诗"只今唯有鹧鸪飞"，言吴（吴王夫差）之亡也，后人用之，凡过故宫殿者，皆用"鹧鸪"等字以寓亡国之感。"心字香烧"，此蒋竹山词也。凡曰"香蕉"，"香"字即"心"字之代名词。

〔玉楼春〕

前后片起句均用仄起。案欧阳修词有〔转声木兰花〕八首，六首皆平起，二首用仄起，与此词同，则此亦〔转声木兰花〕也。总之，〔木兰〕即〔玉楼春〕，平仄可不拘，必曰何者是、何日非，此瞽说也。常州派不知律，何必争。

顾敻词亦以"小"字寓意。〔河传〕曰"小炉"，〔玉楼春〕〔浣溪沙〕曰"小屏"，〔临江仙〕曰"小槛"，皆寓偏安之意。庄宗灭蜀，分蜀地为二，以董璋为东川节度使，孟知祥为西川节度使，识者知其必不相容，璋尤忌知祥，知祥惧，与璋结为婚姻，璋喜，不复设备，后唐乱，庄宗为乱兵所杀，明宗即位，知祥于其时起兵灭璋，自立为后蜀。此词前半片"双飞"句明言两蜀，"来去"二字明言不并立，收二句言前蜀之亡，恐后蜀虽立国，亦有前车之鉴也，中间四句言忧患未已也。

〔浣溪沙〕

此词用"双燕"、"小屏"等字，与上首同意。第二句"可堪荡子不还家"，明言前蜀后主率领宫眷到处游玩，并命各处遍造离宫，采选民间美女以实之，荒淫无度，以至于亡国也。后蜀人词所用"荡子"等字，往往系指王衍而言，欲后蜀以前蜀为鉴之意，南唐人如张泌〔杨柳枝〕词所用"荡子"等字，此当别论。此词首句"恨正赊"三字系接上面"春正迷人"四字，其为戒切矣。

〔临江仙〕

五代人词与宋人词不同，宋词前片第一句必须仄起，与后片第一句同△△○○△△，五代人词前片用平起

○○△△○○△,如南唐后主所作与此词皆然。又收处二句,宋词作五言诗两句,如小山词"落花人独立,微雨燕双飞"○○○△△,△△△○○,五代词作上四下五两句,无与宋词同者。康与之补南唐后主《临江仙》词三句,以宋词句法补五代词,而又改前片四字句为五字句,真妄作矣。

此词当是前蜀亡后所作,故有"何事"二句。前片"旧欢"一句,以寓思故君之意,玩收处"画堂"三句,当是孟知祥为西川节度使未灭董璋时也,"风雨"二字言国势如风雨飘摇也。

孙光宪

字孟文,南平御史中丞,入宋为黄州刺史,宋太祖欲为翰林学士,未及而卒。太祖欲伐南唐,光宪力劝高季兴上表,愿以兵夹攻,及南唐亡,又劝南平举国降宋,故太祖喜之。

周之琦《十六家词选》下各系一诗,于孟文曰:"一庭疏雨善言愁,佣笔荆台府薄游。最苦相思留不得,春衫如雪去扬州。"孟文先以才干杨行密,行密不能用,乃去而之南平,高季兴以为御史中丞,及保勖嗣立,宋太祖欲伐之,孟文力谏保勖,入地于宋,宋以为黄州刺史,既而,欲用为翰林学士,未及而卒。行密先为淮南节度使,后称帝,国号吴,一传为李昇所篡,改国号曰南唐。

〔浣溪沙〕

"花渐凋疏不耐风"一词,当是未去扬州时作。行密在位，李昇专权。昇原名徐温，后自言为唐宪宗之后，复姓李。行密子杨渥嗣立，昇旋离间其旧臣，逼之禅于己，居渥于丹阳宫，以兵围守之。此词指杨氏无人为助，李氏不臣之心已见，而不能用己以预为之防也。"残香"二字明指李昇，言昇自谓欲兴复唐室，不知唐已亡而欲复兴亦非易事也，"蕙心"句言己欲助杨而杨不用。

"揽镜无言"一词，当是将去扬州时作。孟文〔浣溪沙〕共二十首，最为人指斥者为："醉后爱娇姐姐，夜来留得好哥哥。不知情事久长么？"见《尊前集》《全唐诗》，他选本皆不录。"一庭"句为最著名。案"细雨湿流光"五字，荆公论五代词以此句为最妙，又曰此南唐后主词，今本冯延巳《阳春集》〔南乡子〕词首句即此五字，是冯词也。"一庭"句与"细雨"句如出一机杼，其妙处同在一"湿"字，孙句较为曲折，似胜之，"怨别"、"离忧"明言将去而之他也。

版权专有　侵权必究

图书在版编目（CIP）数据

词史 / 刘毓盘著. — 北京：北京理工大学出版社，2020.8
（北大文学史四讲）
ISBN 978-7-5682-8593-3

Ⅰ. ①词… Ⅱ. ①刘… Ⅲ. ①词（文学）—词曲史—中国 Ⅳ. ①I207.23

中国版本图书馆CIP数据核字（2020）第104960号

出版发行 / 北京理工大学出版社有限责任公司
社　　址 / 北京市海淀区中关村南大街5号
邮　　编 / 100081
电　　话 / （010）68914775（总编室）
　　　　　（010）82562903（教材售后服务热线）
　　　　　（010）68948351（其他图书服务热线）
网　　址 / http：//www.bitpress.com.cn
经　　销 / 全国各地新华书店
印　　刷 / 三河市华骏印务包装有限公司
开　　本 / 880毫米 × 1230毫米　1/32　　　　责任编辑 / 田家珍
印　　张 / 7.625　　　　　　　　　　　　　　　　　　朱　喜
字　　数 / 136千字　　　　　　　　　　　　文案编辑 / 朱　喜
版　　次 / 2020年8月第1版　2020年8月第1次印刷　责任校对 / 顾学云
定　　价 / 36.00元　　　　　　　　　　　　责任印制 / 王美丽

图书出现印装质量问题，请拨打售后服务热线，本社负责调换